歷代全集叢刊 / 張印棟主編

蘇子由遺著彙刊

（第六册）

（北宋）蘇轍 撰

河南人民出版社

欒城第三集目錄　全

第一卷

詩七十首

上元不出

將築南屋借功田家

丁亥生日

初葺遺老齋二首

謝人惠千葉牡丹

移陳州牡丹偶得千葉二本喜作

因舊

初成遺老齋二首

蠶麥二首

文氏外孫入村收麥

李方叔新宅

苦雨

殺麥二首

立秋後

初築南齋

中秋月望十六終夜如晝

釀重陽酒

戲題菊花

九日三首

十日二首

那吒

示諸子

戊子正旦

題舊鍾馗

七十吟

久旱府中取虎頭骨投邢山潭水得雨戲作

生日

將圻舊屋權住西廟

種花二首

同遲賦千葉牡丹

同遲賦春晚

春無雷

聞卞氏舊有恠石藏宅中問其遺孫指一麼井云盡在是矣井在室中床下尚未能取

先作一首

仲夏始雷

八璽

讀舊詩

五月園夫獻紅菊花二絶句

夏至後得雨

第二卷

九日家釀未熟

南齋獨坐

西成

藏茶

示諸子

示諸孫

十一月一日作

冬至日

除日

臘中三雪

伐雙穀

上元夜适勸至西禪觀燈

程八信孺表弟剖符單父相過潁川歸鄉待

闕作長句贈别

種松

二月望日雪二絶

遜自淮康酒官歸覲逾旬而歸二絶句

去年秋扇二絶句

讀舊詩

堂成不施丹雘唯紙窓水屏蕭然如野人之

居偶作

南齋竹三絕

中秋新堂看月戲作

午寢

九日陰雨不止病中把酒示諸子三首

落葉滿長安分題

臘月九日雪三絕句

已丑除日二首

同外孫文九新春五絕句

上元前雪三絕句

上元雪

春陰

庭中種花

曾郎元矩見過踰月聽其言久而不厭追感平昔爲賦

閑門

林筍復生

老栢

蠶麥

喜雨

題東坡遺墨卷後

洗竹

寄張芒叟

第三卷

詩七十首

兩中秋絶句二首

贈德仲

閏八月二十五日菊有黃花園中粲然奪目

九日不憂無菊而憂無酒戲作

九日三首

戲題三絶

木氷

夜坐

老史

臘雪次遲韻

小雪

土牛

除夜二首

遺老齋南一栢雙幹昔歲坐堂上僅可見也今出屋已尺餘偶賦

正月十六日

七十三歲作

春旱彌月郡人取水邢山二月五日水入城

而雨一首

龍川道士

重贈

食櫻筍二首

西軒畫枯木怪石

悟老住慧林

蠶麥

北堂

秋稼

七夕

食雞頭

秋雨

補種牡丹二絶

曹郎子文赴山陽令

九日三首

早睡

聽前栢

十月二十九日雪四首

冬日即事

畫學菴生畫山水屏風

冬至日作

冬至雪二首

讀樂天集戲作五絶

記病

除日二首

上元

壬辰生日兒姪諸孫有詩所言皆過記胷中

所懷亦自作

白鬚

林筍

西軒種山丹

遊西湖

泛漢水

風痺三作

新作南門

春旱

感私扇

第四卷

詩十二首

喜姪賫還家

次前韻

喜雨

雨過

溽暑

外孫文九伏中入村賍麥

大雨後詠南軒竹二絕句

秋後即事

第五卷

欒城第三集目録卷終

欒城第三集引

崇寧四年，余年六十有七，編所爲文得二十四卷，自之欒城後集。又五年，當政和元年，復收拾遺槀，類相從，謂之欒城第三集。方昔少年，沉酣文字之間，習氣所薰，老而不能已。既以自喜，亦以自笑。今益以老矣，餘日無幾，方其未死，將復有所爲，故隨類輒空其後，以俟異日附益之云爾。

欒城第三集卷第一

詩七十一首

丙戌十月二十三日大雪一首

秋成粟滿倉冬藏雪盈尺天意慼無辜歲事了不逆
誰言豐年中遭此大泉死肉好雖甚精十百非其實
田家有餘粮斬斬未肯出閉閤但坐視慼慼不得食
朝饑願充腸三五本自足飽食就著飲竟亦安用十
姦豪得巧便輕重竊相易鄰邦穀如土胡越兩不及
閑民本無賴翩然去井邑土著坐受窮忍饑待捐瘠
彼哉陶鈞手用此狂且愎天且無奈何我亦長太息

畫歎一首并引

武宗元比部學吳道子畫佛菩薩鬼神燕肅龍圖學
王摩詰畫山川水石皆得其仿佛顛川僧舍往往見

之而里人不甚貴重獨重趙董二生二生雖工而俗不識古名畫遺意作畫歎

武燕未遠嗟誰識趙董紛紛枉得名已矣孫陳舊人物至今但數漢公卿

夢中反古菖蒲一首并引

古詩云石上生菖蒲一寸十二節仙人勸我食令我好顔色十一月八日四鼓夢中反之作四韻見一愚公在側借觀示之赧然有愧恨之色

石上生菖蒲一寸十二節仙人勸我食再三不忍折一人得飽滿餘人皆不悅已矣勿復言人人好顔色

次遲韻復雪一首

老人怕寒愁早作夜聞飛霰知相虐粟車未到泥復深場新欲盡心驚愕山川滉蕩勢如海孤舟一葉知安泊山中故人消息斷欲問有無閑溪埜人言王生好事人回船不顧山陰約故侯生來本貧窶妻子至今羡藜藿曳稷長歌解忍飢累飯往飼今誰託家人來告酒可篘洗盞開瓶同一酌

次韻文氏外孫驥以其祖父與可學士書卷還謝悰學士一首

西南自是賢侯府衰老思歸謾留許春禾磨麥非平

生子孫便推我作古賢哉與可詩中傑筆墨餘功散繒褚南陽諸謝世有人此邦亦自非其土一時與我俱作客白髮蒼顏愧非伍儒術真傳漢太翁風流未減晋諸度两家尚有往還帖舊集脱遺應可補明窗展卷清淚灑怳然似與故人語欲鎖空厨付長康恐君識我不與取

守歲一首

歲云莫矣誰能守唯有此心初不移宇宙隨流任爾去虛空對面即吾師三盃醉倒聊從俗一點靈明欲語誰來日日新無限事歸根一笑彼安知

上元不出一首

春寒未脫紫貂裘燈火催人夜出遊老厭歌鐘空命
酒病嫌風露怯登樓擁袍坐睡曾無念結客追歡乆
已休試問西鄰傳法老此時情味似儂不

將築南屋借功田家一首

先人敝廬寄西南不歸三紀今何堪卜營莬裘閱歲
三西成黍豆餘石甂借功田家幷钁杴農事禾起來
不嫌併遣浮客從丁男芒鞋禿巾短後衫杵聲登登
駭閭閻期我一月乆不厭我方窮困人所諳有求不
答心自甘一言見許不妄談飲汝信厚心懷慚晨炊

養餉增鹽鹽歸時不礙田與蠶

丁亥生日一首

少年即病肺喘作鋸木聲中年復病脾暴下泉流傾
因苦始知道處世百欲輕收功在晚年二疾忽已平
來年今日中正行七十程老聃本吾師妙語初自明
至哉希夷微不受外物嬰非三亦非一了了無形形
迎隨俱不見瞿曇謂無生湛然琉璃內寶月長盈盈

初葺遺老齋一首

髭鬢渾白已經歲腰痛春來日又多一味安閑猶有
礙却令削謁擬如何築居定作子孫計好事久遭僧

佛呵尤愧白家翁道宅十年成就飽經過
爲留十步南牆竹莫怪門前鳥雀多陋巷何妨似顔
子勢家應未奪蕭何詩書懶惰何曾讀氣息調勻不
用呵多病從來少賓客杜門今復幾人過

謝人惠千葉牡丹一首

東風催趂百花新不出門庭一老人天女要知摩詰
病銀瓶滿送洛陽春可憐最後開千葉細數餘芳尚
一旬更待遊人歸去盡試將童冠浴湖濱

移陳州牡丹偶得千葉二本喜作一首

小圃初開淸淇岸名花近取宛丘城爭言千葉根難

謥忽發雙䏡眼自明謫墮神仙終不俗飛來鸞鳳有
餘清細鉏尨礫除荆棘未可令齋衆草生

因舊一首

予因卞氏故居改築新宅其廳事陋甚有柴氏廳
三間求售三百餘萬錢力不能致子遵日因卞之
舊而易其左不可子孫若賢當師公儉予愧其言
從之作因舊詩

君不見林上鵲冬深始營巢及春巢已成又不見梁
上燕春深初作窠及夏雛已生我爲一區屋三年費
經營紛紛代梧楸日厭斤斧聲老境能幾何七日安

餘齡一言愧吾兒事忌與力爭青楊易三楝赤榆換
雙楹指顧行即具構築役亦輕鄰侯念子孫不處高
閈閎吾今何人斯此則坐右銘

初成遺老齋二首

花時頗出伴遊人暑雨深藏養病身新宅丁丁㕓斤
斧舊書寂寂卷埃塵久將生事累諸子頓欲根浮付
一眞遺老齋成謀宴坐澹然無語接來賓
舊説潁川宜老人朱櫻班笱養閑身無心已絶衣冠
念有眼不遭車馬塵青簡自書遺老傳白鬚仍寫去
年真齋成謾作笑談主已是蕭然一世賓

蠶麥二首

踈慵自分人嫌我貧病可憐天養人蠶眠已報冬裘具麥熟旋供湯餅新擷桑曉出露濡足拾穗暮歸塵滿身家家辛苦大作社典我千錢追四鄰

三界人家多鮮福一時蠶麥得難兼鉏耰已愧非吾力湯火尤驚取不廉貴客爭誇大浣布貧家粗有水精塩薄衫冷麪消長夏捫腹當知百不堪

文氏外孫入村收麥一首

欲收新麥繼陳穀賴有諸孫替老人三夜陰霪敗場圃一竿晴日舞比鄰急炊大餅償飢乏多博村酤勞

苦辛閑廩歸來真了事賦詩憐汝足精神

李方叔新宅一首

我年七十無住宅斤斧登登亂朝夕兒孫期我八十年宅成可作十年客人壽八十知已難從今未死且磐桓不如君家得衆力咄嗟便了三十間李君雖貧足圖史旋鑿明窓安淨几閑門但辦作詩章好事時來置樽俎我恨年來不出門不見君家棟宇新心安即是身安處自揣頭顱莫問人

苦一兩首　七月朔

蠶婦絲出盎田夫麥入倉斯人溥福德二事未易當

忽作連日雨坐使秋田荒出門陷塗潦入室崩垣墻覆壓先老稚漂淪及牛羊餘粮詎能久歲晚憂糟糠天災非妄行人事容有償嗟哉竟未悟自謂予不戕造禍未有害無辜輙先傷簞瓢吾何憂作詩熱中腸

報麥二首

麥幸十分熟雨過三日霆初晴尚未伏半夜卷重陰細築場無隙輕推磨有音驚聞諸縣水一縣直千金

又

雨後麥多病庾中蛾欲飛不辭終日暑幸脫半年飢潦水來何暴秋田望已微農夫愚可念此報定誰非

立秋後一首

伏中苦熱焦皮骨秋後清風濯肺肝天地不仁誰念爾身心無著偶能安詩書乂爲消磨日毛褐還須準擬寒謾許百年知到否相從一日且盤桓

初築南齋一首

我老不自量築室盈百間舊屋收半料新材伐他山盎中粟將盡橐中金亦殫涼風八月高扶架起南邊首成遺老齋願與客周旋古檜長百尺翠竹森千竿隔城過清潁有井皆甘泉平生隱居念眷眷在山川誰言白髮年有作竟不然我本師瞿曇所過無不安

諸子知我懷勉更求稂稂堂成鋪莞簟無夢但安眠

中秋月望十六終夜如晝一首

秋氣久已到月明如可期雲生未望夜天借極圓時冷澈發臨倦衰慵起舞遲兎閑長擣藥桂老尚生枝運轉何年住清明與物直油然任消長斤斧定何施

釀重陽酒一首

家人欲釀重陽酒香麴甘泉家自有黃花恨藥有佳思金火未調無好手老奴但欲致村酤小婢爭言試三酙我年七十似童兒逢節歎欣事從厚廩粟已空豆方實羔豚雖貴魚可取病嫌秋雨難爲腹老嚥饞

莚空有口折花誰是送酒人來客但有鄰家父閑門一醉莫問渠巷爭不用纓冠救

戲題菊花一首

春初種菊助盤蔬秋晚開花插酒壺微物不多分地力終年乃爾任人須天隨匕箸幾時輟彭澤樽罍未遽無更擬食根花落後一依本草太傷渠

九日一首

昔忝衣冠舊今從野老遊籬根菊初綻甕面酒新篘不負重陽節都無舉世憂人生定誰是萬事本悠悠

又

欲就九日飲旋炊三斟酪今朝不一醉坐客有空回
白髮何須吝黃花恨晚開問知餅未罄相勸盡餘盃

又

從古重此日今人那得違菊進知歲閏酒貴念人飢
身安且自慰家遠不成歸尚憶少年樂驚呼人盡非

十日二首

酒經重九尚殘危雨送初寒問篋衣養氣安閑真得
計讀書勤苦已知非謾存講説傳家學深謝交遊絶
世譏築室未成中自笑何如茅屋對柴扉

憂患經懷沃漏危榮華過眼脱輕衣定心稍覺無來

往時事誰能問是非禄去身安常自喜宅成囊竭可
無譏交遊散盡餘親戚酒熟時來一扣扉

初成遺老齋待月軒藏書室三首

老人身世兩相遺緑竹青松自蔽虧已喜形骸今我
有枉將名字與人知往還尚許鄰家父問訊纔通說
法師燕燕坐蕭然便終日客來不識我爲誰遺老齋
軒前無物但長空孤月忽來東海東圓滿定從何處
得清明許與衆人同怜渠生死未能免顧我盈虧略
已通夜久客寒要一飲油然細酌意無窮待月軒
讀書舊破十年功老病茫然萬卷空插架都將付諸

子閑門猶得養衰翁案頭螢火從乾死窻裏飛蠅久
未通自見老盧真面目平生事業有無中藏書室

又雨一首

雲低氣尚濁雨細泥益深經旬勢下止晚稼日已侵
閒居賴田食憂如老農心堆場欲生耳棲畝將陸沉
常賦雖半釋雜科起相尋凶年每多暴此憂及山林
號呼天不聞有言不如喑願見雲解脫秋陽破羣陰

方築西軒穿地得怪石一首

卞氏平日本富家庭中怪石蹲麏麚子孫分散不復
惜排棄坑谷埋泥沙一株躍出隨畚鍤知我開軒方

種花頳然遠嶺垂澗壑豁然洞穴通煙霞十夫徙置莘不遠軒前桐栢陰交加我家舊隱久不到小池尺水三流槎少年旋遶看不足時呼野老來煎茶老人得此且自慰更訪餘石探幽遐或言卞氏舊石尚多但未知沉淪何處爾

肺病一首

肺病比不作屈信三十年今年胡爲爾呀然上衝咽寒氷未易温死友誰使然醫言無庸怪此理環無端少年少壯敗今日存精堅假年復除害非人豈非天

送遜監淮西酒弁示諸任二首

疇昔南遷海上雷艱難唯與汝同來再從龍尉茅叢

底旋卜雲橋荔子堆相與閉門尋舊學誰言復出理
官酤乘田委吏師事莫學陶翁到郎回
淮西留滯昔經年唯有誰任時往還炊黎晋賓不嫌
陋借書度日免長閑歸來瀷水無人問夢遶伊家古
檜間二老舊遊唯我在後生誰復識蒼顏二老人謂遵聖師中離
之者笑卿人今無識

風雪一首閏十月十一日

冬温未宜人風雪中夜止疾雷略吾窓輕氷入吾被
病去適三日驚起存一氣心安氣亦安二物本非二
皎然一寸燈下燭九泉底物來無不應物去未嘗昧

恨我俗緣深撓此古佛智醫來覼六脉六脉非昔比醫適有此診

讀傳燈録示諸子一首

大非知難一手扛此心已自十年降雋存古鏡磨無力近喜三更月到窗早歲文章真自累一生憂患信難雙從今父子俱清凈共說無生或似龐

夢中詠西湖一首

誰鑿西湖十里中徧册載酒颶輕風草木蕃滋百事足寒暄淡薄四時同東鄰適與吾廬便西岸遥將岳麓通閑遊草草無人識竹杖藤鞵一老翁前四句夢中得於後

句起而
足之

買炭一首

苦寒抰病骨綵纊莫能禦析薪燎枯竹勃鬱煙充宇
西山古松櫟材大招斤斧根槎委溪谷龍伏熊虎踞
挑抉靡遺餘陶穴付一炬積火變深黳牙角猶憤怒
老翁睡破氈正晝出無屨百錢不滿籃一坐幸至莫
御爐歲增貢圓直中常度閭閻不敢售根節姑付汝
升平百年後地力已難富知夸不知嗇俛首欲誰訴
百物今盡然豈爲一炭故我老或不及預爲子孫懼

欲雪一首

今年麥中熟麰餌不充口老農畏冬旱薄雪未覆畝驕陽引狂風三白知應否久晴車牛通新炭家家有惟有口腹憂此病誰能救達官例謀身一醉日自富尚應天愍人雲族朝來厚飛花得盈尺一麥可平取

那吒一首

方北天王有狂子只知拜佛不拜父佛知其愚難教語寶塔令父左手舉兒來見佛頭輒俯且與拜父略相似佛如優曇難值遇見者聞道出生死嗟爾何爲獨如此業果已定磨不去佛滅到今千萬祀只在江湖挽船處

示諸子一首

老去惟堪一味閑坐令諸子了生緣般柴運水皆行道挾策讀書那廢田兄弟躬耕真盡力鄉鄰不慣枉稱賢裕人約已吾家世到此相承累百年范五德孺近語遲聞君家兄弟書治田蓋取其不尽利爾

戊子正旦一首

百歲行來已弋分筋骸轉覺不如人法傳心地初投種雨過花開不待春識路一時如有得到家諸事本非新舊陳芻狗今無用付與時人藉兩輪

題舊鍾馗一首并引

癸丑歲予爲興德軍掌書記是歲大旱除日府中饋

畫鍾馗行雪中狀甚怪後三十六年檢篋中舊畫得

之戲作此篇

濟南書記今白須歲節鍾馗舊録襦舉手托天欣見

雪破鞾蹈凍可怜渠滔滔時輩今黄壤六六年華屬

老夫兒女未容翁便去銀瓶隔夜浸屠酥

七十吟一首

年來霜雪上人頭我爾相將七十秋欲去天公未遣

去久畱敝宅恐難留六窓漸暗猶牽物一點微明更

著油近聽老盧親下種滿田宿草費鉏耰

又旱府中取虎頭骨投邢山潭水得雨戲作一首

邢山潭中黑色龍經年懶卧泥沙中嵩陽山中白額虎何年一箭肉爲土龍雖生虎雖死天然猛氣略相似生不益人死何賫虎頭枯骨金石堅投眼潭中潭水旋龍知虎猛心已愧虎知龍懶自壇氣山前一戰風雨交父老曉起看麥苗君不見岐山死諸葛能真

奔走生仲達

生日一首

扶杖今年見國人懸張早歲憶茲晨佛身三世歸依

地隣寺百僧清净因簉子知非懋已晚白公起定惜餘春舞雩一濯平湖水鄉黨驚呼白髮新是日南堂供三茲氏西寺齋僧百人

將圻舊屋權住西廊一首

平生未有三間屋今歲初成百步廊欲趂閑年就新宅不辭暑月卧斜陽脩篁已謝前人種甘井何妨衆口嘗奔走從來成底事安居到處漫爲鄉

種花二首

築室力已盡種花功尚疎山丹得春雨艷色照庭除末品何曾數羣芳自不如今秋接千葉試取洛人餘

又

築室少閑地種花能幾畦松錡舊滿眼桃李漸成蹊

無計通湖水長思種藕泥幽懷終不愜拄杖出城西

同遲賦千葉牡丹一首

未換中庭三尺土漫種數叢千葉花（園工言近家糞土多蟲故不宜壮花須換黃土三尺花乃茂云之）造物不連遺老意一枝頗似洛人家

名園不放尋芳客陋巷希聞載酒車未忍畫瓶脩佛供清樽酌盡試山茶

同遲春賦晚一首

池塘春早欲生塵一兩能令草木新脚病不嫌櫻莽

薄廩空偏喜麥禾勻白須照水湖光淨淥酒留人鳥
哢頻但恐少年嫌老醜眼前無復一時人

春無雷一首

經冬無雪麥不死秋雨過多深入土人言來歲定無
麥農父掉頭笑不許清明雨足麥欣欣旋救奴婢修
破囷大麥過期當半熟小麥未晚猶十分東家西舍
發陳積十錢一斗酒難得向來天公不爲人市人半
是溝中瘠前望麥熟一月期老稚相勸聊忍飢誰令
伏梚作寒熱囊中無錢誰肯醫天公愛人何所吝一
春雨作雷不震雷聲一起百妖除病人起舞不須扶

聞卞氏舊有椎石藏宅中問其遺孫指一廢井

云盡在是矣井在室中床下尚未能取先作一

首

昔人遊宦乂江湖椎石欹空駭里閭一井深藏緣底

事百年不出待潛夫弃指泥土性仍在脾睨林亭氣

漸蘇微物廢興猶有定此生窮達謾長吁

仲夏始雷一首

陽氣溟濛九地來經春涉夏始聞雷麥禾此去或可

望桃李向來誰使開號令迍邅人共椎陽陰顛倒物

猶猜一聲震蕩雖驚耳遍地妖氛未易回

八璽一首

秦人一璽十五城百二十城當八璽元日臨軒組綬新君臣相顧無窮喜九鼎崢嶸夏禹餘八璽錯落古所無古人鄙陋今人笑父老不慣空驚呼

讀舊詩一首

早歲吟哦已有詩年來七十未全衰開編一笑況如夢閉目徐思定是誰敵手一時無復在賞音他已更難期老人不用多言語一點空明萬法師

五月園夫獻紅菊二絕句

黃花九月傲清霜百草滿園無此香紅紫無端盜名

字試尋本草細商量
南陽白菊有奇功潭上居人多老翁藥似皤蒿莖似
棘未宜放入酒杯中
夏至後得雨一首
天惟不窮人旱甚雨輙至麥乾春澤匝禾槁夏雷墜
一年失二雨稟賦不繼我窮本人窮得飽天所畀
奪祿十五年有田潁川涘躬耕力不足分穫中自愧
餘功治室廬藥積需狗彘久養無用身未識彼天意
遲往泉店殺麥一首
罷民不耕穫豈利有攸往古人爲我言許此亦無妄

一冬免鉏犁二麥盈壅盎火老金尚伏雨過築場壤
隣家助伯亞蒼耳割榛莽朝暘得終日經歲可無恙
老夫終病慵長子卒可仗劬勞慎勿厭對餌家共享
秋田雨初足已作豐熟想歸來報好音相對開䑋釀

夏夜對月一首

大火直南方萬物委爐炭微雲吐涼月中夜初一浣
老人氣如縷桄篗亦流汗披衣逃中庭星斗轉相粲
鳴蜩思清露抱葉一長歎栖鵲亦未安遶樹再三轉
我生仰田食候雨占雲漢楞然未可期無食終誰怨
褰帷竟不寐夜氣净如練愛之不忍觸惟恐朝來散

千葉白道蓮花一首

蓮花生淤泥淨色比天女臨池見千葉謫墮問何故空明世無匹銀瓶送佛所清泉養芳潔爲我三日住蔫然落寳牀應返梵天去

追和張公安道贈別絶句一首并引

予年十八與兄子瞻東遊京師是時張公安道守成都一見以國士相許自爾遂結忘年之契公晚事裕陵君臣之義初不淺也既而與用事者異議拂衣而出初守宛丘次守南都予亦以議論不合連從公遊元豐初子瞻以詩獲罪竄居黄州予謫監筠州酒税

公凄然不樂酌酒相命手寫一詩爲别曰可憐萍梗
飄浮客自歎匏瓜老病身從此空齋掛塵榻不知重
掃待何人後七年蒙恩召還復見公南都自是又八
年而有升沉之歎時公薨已數年矣及自龍川還潁
川姪過出子瞻遺墨中有公所贈章覽之泣下不公
止乃追和之
少年便識成都尹中歲仍爲幕下賓待我江西徐孺
子一生知已有斯人

欒城第三集卷第一

欒城第三集卷第二

詩七十首

遺老齋絶句十二首

杜門本畏人門閉自無客孤坐忽三年心空無一物

又

衆音入我耳諸色過吾目閑見長歷然靈源不受觸

又

兹心浄無垢尚愛南齋竹當暑得清風冷然若新沐

又

老檜真百尺疎竹疑千畝紛紛霰雪中見此歲寒友

又

栽竹種松檜十年未成陰昔人定知我爲我養南林

又

久無叩門聲剝啄問何故田中有人至昨夜盈尺雨

又

我居近西城城梚湖一曲不到平湖上何物禁吾足

又

北臨鳳凰臺鳳去臺亦圮萋萋脩竹林喈喈何日來

又

昔我過嵩麓雲移見諸峯重遊未有日想像蟾靈中

又

避事已謝客養性不看書〻中多感遇掩卷輙長吁

又

人言里中舊獨有陳太丘丈若命世人惜哉憂人憂

又

巢由老箕山遁世聊可耳臨流愧堯舜又甚陳仲子

移花一首 八月十六日

種花南堂南堂毁花亦瘁理畦西軒西花好未恐棄

慇懃拔陳草秋雨流入地移根傳生七指日春風至

花來本陳洛盈尺不爲興方求千葉枝更與一漑水

人功誠已盡天巧行可致我老百不爲愛此養花智

服栗一首

老去日添腰脚病山翁服栗舊傳方經霜斧刃金金氣伸手丹田借火光八口鏘鳴初未熟低頭咀嚼不容忙客來爲説晨與晚二嚥徐收白玉漿

白菊一首

白菊長先黄菊開年年九日泛新醅猶存古曆標範候不奈時人信手裁得勢從教盈九畹俛眉聊復引三盃愈風明目須眞物能使神農爲爾回

九月家釀未熟一首

平生不喜飲九日猶一酌今年失家釀節到真寂寞
床頭瀉餘樽畦菊吐微萼洗盞對妻孥肴蔬隨厚薄
興來欲徑醉量盡還自却傍人歎身健省已知脾弱
尚有姑射人自守常綽約養生要慈儉已老慚嬰鑠
燕居漸忘我杜門奚不樂風麴日已乾濁醪可徐作

南齋獨坐一首

獨坐南齋久忘家似出家香燈穠作穗茶面結成花
細竹繞通徑長松初有槎徑還真斷絶一一數歸鴉

西成一首

野老端相慶西成僅十分寒來多釀酒客過預晋饋

近事姑求飽遠憂要浪閒一壺眞有理終日得醺醺

藏菜一首

爨清葵芥充朝饍歲晚風霜斷菜根百日園枯未易過一家口衆復何言多排甕盎先憂盡旋設盤盂未覺煩早晚春風到南圃侵凌雪色有新萱

示諸子一首

諸子才不惡功名舊有言窮愁念父母心力盡田園志在要須命身閑且養源遊魚脫淵水何處有飛翻

示諸孫一首

少年直力學玄月閉書帷老去渾無賴心空自不知

交遊誑識面文字略存詩笑向諸孫說疎慵非汝師

十一月十一日作一首

書短圖書看不了夜長鼓角睡難堪老饞驕胃誰爲伴心地空虛成妄談酒少不妨隣叟共病多頻有衲僧諳覓師識病善用藥積陰深厚陽初復一點靈光勤自參

冬至日一首

陰陽升降自相催齒髮誰教老不回猶有髮珠常照物坐看心火冷成灰酥煎隴坂經年在柑摘吳江半月來官冷無因得官酒老妻微笑潑新醅

除月一首

年七最後飲屠酥不覺年來七十餘十二春秋新罷講五千道德適觀書木經霜雪根無蠹船出風波載本虛自怍多年客箕潁每因吾黨賦歸歟

臘中三雪一首

一臘不空度三雪自相因暗添池上凌稍壓麥中塵餘潤想猶在苦寒將及春慇懃欲盡酒扶養病衰人

伐雙穀一首十二月二十七日作

芳蘭非不嘉當門自宜鋤翦此惡木陰久妨長者車僕夫礪尋斧告我日方除久恃不忍意柯條益扶疎植根雖云固伐去曾須臾我塗雖不寬出入自有餘

開門聽還往弁納賢與愚荒穢一朝盡來者皆虛徐

上元夜适勑至西禪觀燈一首

三年不踏門前路今夜仍看壁裏燈照佛有餘長自照澄心無法便成澄追歡任客去忘返入定孤僧喚不麐更到西禪何所問隔墻魚鼓正登登

程入信孺表弟剖符單父相過賴川歸鄉待闕作長句贈別一首

我生猶及見大門弟兄中外十七人兩家門戶甲鄉蒿正如賴川數孫陳嗆嗆鳴鳫略雲漢風吹散落天一垠歸來勉強整毛羽飲水啄粒傷離群東西隔絶

不敢恨死生相失長悲辛蕭蕭華髮對妻子往往老
淚流衣中仲叔已盡季亦老雙星孤月耿獨存老夫
閉門不復出喜君三度乘朱輪今春剖符地尤勝不
齊自古留芳塵回車訪我念衰老挽衣把借才逡巡
君行到官我未死杖藜便是不速賓一尊酌我當有
問此國豈有賢於君兄弟中惟僕與程八程九在耳

種松一首

城郭人家歲寒木檜栢森森映華屋青松介僻不入
城野性特嫌塵土辱中庭冉冉盈尺高條幹雖短風
霜足培根不用糞壤厚插竹預防雞犬觸他年期汝

三丈高獨立仙翁毛髮緑老人自分不及見子孫男
汝知遺直

二月望日雪二絶

玄冥晋雪惱中春損麥傷花病老人巳典布裘指衲
錢朝來酒盡乞比鄰
老翁衰病不羇花百口唯須麥養家聞道田中猶要
雪熱收凝白試山茶

遜自淮康酒官歸覲逾旬而歸二絶句

官期未滿許寧親平日宦遊無此恩兩遍公田及私
畝學書兼街問鈞孫

乘出委吏責無多舊學年來竟若何開卷新詩可人
意到官無徭廢吟哦

去年秋扇二絶句

篋中秋扇委塵埃春晚炎風拂面來舊物不辭爲世
用故人相見莫心猜、
扇中秦女舊乘鸞拂去浮塵色尚鮮未盡炎風早歸
去不堪秋後乞哀憐

讀舊詩一首

老人詩思如枯泉轆轤不下甕盎乾舊詩展卷驚三
年粲然佳句疑昔賢老來百事不如前藜羹稻飯嗟

獨便飽食餘假晝日眠安用琢句愁心肝
堂成不施丹䨼唯紙窓水牖蕭然如野人之居

偶作一首

髙棟虗窻五月凉客來掃地旋焚香白雲低繞明月
觀漲海東流清暑堂病又渴心思沉瀣夢回餘念屬
瀟湘老人未婚修行久此處從今是道場

南齋竹三絶

幽居一室少塵緣妻子相看意自閑行到南窓脩竹
下恍然如見舊溪山
舊山脩竹半塵埃誰種南林待我來新筍出墻秋雨

足閉門長與護蒼苔

里中佳客舊孫陳我自疏慵不見人目倦細書長捲

卷心遊法界四無鄰

中秋新堂看月戲作一首

年七看月茅簷下今歲堂成月正圓自笑吾人強分

別不應此月倍嬋娟虛窓每怯高風度碧耳頻驚急

淵懸七十老翁渾未慣安居始覺責公賢開謝下諸家新律甲

第壯孺頃

丨年作

午綴一首

食飽年來莽有秋倒床清夢百無憂恐飢終愧首陽

客睡足何須雲夢州冰酒黄甘生不喜春牙紫筍向

誰求平生尚有書魔在一卷還堪作枕頭

九日陰雨不止病中把酒示諸子三首

旱久翻成霧雨災老人腹疾殀卿杯官醅羞豆適初

熟籬菊黄花終未開兒女共憐佳節過雞豚恐有故

人來衰年此會真餘幾薄酒無多不用推

九日不能飲吻匕覺胃寒妻孥勸把盞萸𣈆匕堆槃

懶極久成病年高終鮮歡道人嫌服藥心息目相安

又

庭菊兼黄白村醪雜聖賢微吟還自喜不飲信徒然

陶亮貧非病孟嘉醒亦顛相看莫相笑與爾各當年

落葉滿長安分題一首

有客倦長安秋風正颯然九衢飛亂葉八水凝寒煙搖落南山見凄凉陋巷偏名園失緑暗清渭泛紅鮮衣信催煩杵烽報極邊長江苦吟處日暮想擔鞭

臘月九日雪三絶句

天公留雪待嘉平飛霰來時曉未明病上擁衾催煖酒閉門不聽掃瓊瑤

去年家釀不須沽林米今年絶市無雪没前山薇蕨盡誰憐無語獨撈鉏

臘中得雪春宜麥蟄裏無精寒惱人未暇樽罍伴伴
客先將𢇁艸許比鄰

己丑除日二首

閲遍時人身亦老卷殘舊曆意茫然髭鬚白盡無添
處甲子重來又十年酒儉不容時一醉堂成且喜夜
安眠春秋似是平生事屋壁深藏付後賢
檇紅安穩近誰傳（舊有瘕疾或致那皮蔥允痊月良愈）贊雪蘭騷久
已然海鄉任教脩故事蠶絲聊與祝新年（鄉人以日家抑麪象梅枝柳葉又以肉雜物為羹名之曰蠶絲）敲門賀客辭多病守歲諸孫聽
不眠粗有官酤供夜飲一瓶渾濁且稱賢

同外孫文九新春五絶句

佳人旋貼釵頭勝園父初挑雪底芹欲得春來怕春晚春來會似出山雲

甕中臘脚長憂凍戶外春風那得知酒熟定應花木動樂甌先對柳千絲

菊葉萱牙初出土米甕冷麪欲宜人老人脾病難隨汝洗釜磨刀待晚春

築室恨除千本竹及春先補百株花隔年預與園夫約春雨晴時問汝家

雲樹西山三頃麥一犁春雨祝天工麥秋幸與人同

飽昔日黄門今老農

上元前雪三絕句

臘中平地雪盈尺萬隴山田麥尚乾不管上元燈火夜飛花處處作春寒

閑門不問門前事燈火熏天日不知聞道朝來雪又下老人今歲未憂飢

大公似管人間事近事傳聞半是非但使麥田饒雨雪飢人得飽未相違

上元雪一首

上元燈火家家辦遍地瓊瑤夜夜深衲被蒙頭真老

病紗籠照佛本無心床頭酒甕恰三斗山下麥田真百金乞我終年醉且飽端能擁鼻作微吟

春陰一首

春後誰令百日陰兩遥風横兩相侵天公未有惜花意野老空存念麥心共怜叢筠亦黄落終憐老檜獨蕭森過半不克陽安在夏旱前知未易禁是春所在竹林皆黄落頃所未見

庭中種花一首

空庭一無有初種六株花青桐緑楊掷相映成田家春雨散膏油朝暾發萌芽造物知我心初來畫枯槎

開花已可貴結子誠益佳百事盡如此一生復何嗟
我生本窮陋中年旅朝衘失脚墮南海生還夢荒遐
築室雖不多於我則已奢松筠伴衰老已矣無復加

曾郎元矩兄漸踰月聽其言久而不厭追感平
昔爲賦詩一首

冑子相從得佳婿（蓮初於大斈識元矩因有姻議）掖垣同追喜良朋
交情不意隔生死世事休論有廢興宿草芊緜淚入
土故琴半落恨填膺遠來似覺清談勝試問傳家今
幾燈

閉門一首

閉門頴昌市不識頴昌人身閑未易過閑又生暗壁

我念作閑計欲與黃卷親少年病書史未老目先昏

掩卷默無言閉目中自存心光定中發廓然四無鄰

不知心已空不見外物紛瞿曇昔嘗夫咄哉不肯信

一見勿復失愈久當愈眞

林筍復生一首

春寒侵竹竹憔悴父老皆云未嘗記偶然雷雨一尺

深知爲南園衆君子從地湧出長如人一々便有凌

雲氣吾家老圃倦栽接但以歲寒相嫵媚一朝紛々

看黃落嵇阮相過無醉地陰陽往復知有數已病還

廖非郎死呼童徑語隣舍翁種竹未改當年意姚黃魏紫終誤人千葉重臺定何事

雪栢一首

栢根可合抱栢身長百尺我來類汝老我心同汝直我貧例無居愛汝買此宅家告懷舊友開軒得三益風中有餘勁老後不改色我貧不栽花遶屋多種竹全家謬聞道舉目無他物晨興輙相對知我有慙德

蠶麥一首

春寒風雨淫蠶麥止半熟耕桑未嘗覩有獲敢求足隣田老翁蠶箔空便無桑機張久乏績食晏惟薄粥

熟耕種未下屢禱雲不族私憂止寒餓王事念鞭扑
爲農良未易爲吏畏簡牘閉門差似可忍飢有餘佃

喜雨一首

夏田已報十分熟秋稼方憂十日乾好雨徐來不倉
卒天公似欲救艱難[illegible]強鷹犬無遺力社近雞豚趂
早寒老病隨人卒一飽爐香無語只長歎

題東坡遺墨卷後一首

少年喜爲文兄弟俱有名世人不妄言知我不如兄
篇章散人間墮地皆瓊英凛然自一家豈與餘人爭
多難晚流落歸來分死生晨光迫殘月回顧失長庚

舁卷得遺草流漸濕冠纓斯文久衰弊涇流自爲清
科斗藏壁中見者空嘆驚廢興自有時詩書付西京

洗竹一首

寒甚南軒竹半黄晚抽旱笥雜榛荒不嫌毒手千竿
盡稍放清風八月涼短彗只堪除糞壤新萌會看伏
牛羊扶持造化須人力早聽人言布麥糠

寄張芸叟一首并引

張芸叟侍郎編樂府詩相示繼以書問手戰之故
懇懇有見憐哀病意作小詩謝之

老矣張芸叟親編樂府詞才高君未覺手戰我先衰

黯黮舊無對吟哦今與誰十年酬唱絶歡喜得新詩

欒城三集卷第二

欒城第三集卷第三

詩七十首

雨中秋絶句二首并引

昔予謫居龍川，己卯歲閏九月重九，南方初有涼氣，予置酒招同巷黄氏老與之對酌，作四絶句，其卒章曰「尉他城下兩重陽，白酒黄雞意自長。卯飲下牀虚已散，老年不似少年忙」。明年蒙恩北歸，寓居潁川，庚寅歲閏八月遇雨中秋，賦兩絶句以繼前作。俛仰十有二年，特正苦腹疾，秋思索然，老病日加，亦理勢然矣。

潁川城下雨中秋金氣初凝火尚流脾病家人不教
飲官厨好酒亦難求

兩逢重九尉他城蜒叟相從倒酒瓶十二年來均寂
寞此心南北兩冥冥

贈德仲一首

我昔見子京邑時鬢髮如漆無一絲今年相見潁昌
市霜雪滿面知爲誰故人分散隔生死子然惟以影
自隨憐子肝心如鐵石昔所許可今不移世間取舍
竟誰是惟有古佛終難欺嗟哉我自不知子意子清
浄持律師忽然微笑不言語袖中錦繡開新詩可憐

相識一十載終日對面初不知蚌含明珠不肯吐暗行沙底藏光輝蚌爲身計良可耳旁人不悟寧非嗤

閏八月二十五日菊有黃花園中粲然奪目九日不憂無菊而憂無酒戲作一首

年年九日憂無菊今歲株空木有糟世事何嘗似人意天公端辦惱吾曹金龜辦去應蒲玉液傾殘氣尚豪門外白衣還到否今時好事恐難遭

九日三首

瓢尋空挂壁九日若爲歡白髮逃無計黃花開已闌酒慳慙對客風起任飄冠賴有陶翁伴貧居得自寬

又

解衣换村酒酒薄不須嫌節到匆空過盃行且強拈

又

得閑身尚健適意事難兼醉卧南窓日誰知酸與甜

幼子淮西客雙壺思老人遠來經顇淡細酌喜清醇

戲題三絶

飲罷遥憐汝歸來早及春南齋昔未有餘使舊時貧

懊惱嘉榮白髮年逢人依舊唱陽關渭城朝雨今誰

聽研鼓跳踉一破顔

謝傳凄凉巳老年胡琴羌笛怨遺賢使君於此雖不

俗撓斷髭鬚誰見憐

遍地花鈿歎白平蒼顏白髮意凄然回頭笑指此郎

予破賊將來知有天

木氷一首

老病不眠知夜寒晨興薄氷滿庭前枯榆老柳變精妍細梢如苗麄如椽風敲碎玉落紛然氷裏柵葉誰雕鐫鄰家父老呼東垣欲沽官酒囊無錢我亦強起試一觀樹椽不見今十年

夜坐一首

少年讀書目力耗老怯燈光睡常早一陽未復夜正

長城上鼓聲寒考考老僧勸我習禪定跏趺正坐推
不倒一心無著徐自靜六塵消盡何曾掃湛然已似
須陁洹久尔不負瞿曇老同看塵勞但微笑欲度羣
迷先自了平生誤與道士遊妄意交梨求火棗知有
毗盧一逕通信脚直前無别巧

老史一首

口食陽瞿粟身衣陽穀絲二物不相即飽暖常不時
昔也知我窮一歲一奔馳方暑勸脂車苦寒伺來歸
嗟我乖老年未免憂寒飢老史甚忠信但恨性重遲
事我三十年閱之不相離我門了無求辛苦終不辭

平生金石交至此或已攜老史未易得試復養其兒

臘雪次進韻一首

冬儲久未辦佳雪爲人留穀豆入囷廪薪蒸轉千輀紛紛了歲事閔閔念農疇家有二頃田一頃種來牟風聲夜中變飛霰曉來休粗畢今歲寒復免來歲憂天公知人心未禱得所求傾瓶有遺酌起和田中謳

小雪一首

小雪僅能消膈熱苦寒偏解惱衰翁年豐誰使百物貴心净要令萬事空老去禪功深自覺生來滯運與人同閑中未斷生靈念清夜焚香處處通

上牛一首

大地非不仁萬物自芻狗土牛適成象逡巡見屠剖
田家挽雙角歸理纖絲釜生無負重力死作初耕候
碎身初不辭及物稍無負君看劉表牛豈脫曹公手

除夜二首

年年賦除夜一賦二疲殘家有三斗釀春餘半月寒
鷄豚不改舊隣里自相歡元日應無客蕭然不著冠

又

七十三年客相從尚幾年西方他日事東魯一經傳
漸解平生縛初安半夜禪紛紛爭奪際何意此心全

遺老齋南一栢雙榦昔歲坐堂上僅可見也今

出屋已尺餘偶賦一首

翠栢擢雙榦冉冉出屋危栢長雖云喜我老亦可知

古寒不改色烈風終自持門閑斷來客相對不相欺

正月十六日一首

上元已過欲收燈城郭遊人一倍增陌上紅塵霏似

霧雲間明月冷如水誰言世上驅馳客老作庵中寂

定僧滿水半消燈火冷長空無滓色澄澄

七十二歲作一首

一生有志恨無才久雨蕭蕭白髮催力學常年貞自

信初心到此未然同舊人化去渾無幾新潭重生撥
不開七十三年還往否獲麟後事轉難裁
春旱彌月[illegible][illegible]人取水邢山二月九日水入城而
雨一首
春旱時聞孽火然邢山龍老不安眠麥生三寸未覆
壠雨過一犁初及泉深憫貧民飢欲死可憐肉食坐
稱賢南齋遺老知尤幸炒餅黃虀又一年
龍川道士一首 廖有象
昔我遷龍川不見平生人所襲買破屋風雨庇病身
頎然道士野鶴墮雞羣飛鳴閭巷中稍與季子親

刺口問生事褰裳觀運斤俛仰忽三年愈久意愈貞
送我出重嶺長揖清江濱方營玉皇宮棟宇期一新
成功十年後脱身走中原見公心自足徒步非我勤
我歸客箕潁晝日長掩關僕夫忽告我門有萬里賓
問其所從來笑指南天雲心知故人到驚喜不食言
我老益不堪惟有二頃田年年種麥禾僅能免饑寒
君來亦何爲助我耕且耘嗟古或有是今世非所聞

重贈一首

出家無復家視身等雲浮東西隨風行忽然遍九州
君居龍川城築室星一周屋尾如翬飛象設具冕旒

弟子五六人門徒散林立本爲百年計自可一世留
胡爲不復顧脱去如弊裘萬里一藤杖來從故人遊
故人病老翁輕重恐未酬疑君了心法萬物皆浮漚
去彼非有嫌來此亦無求是心摩尼珠不受毉罰収
故人感君意一言還信不遠行不爲此浪走非良謀
食櫻筍二首
一旱經春草木焦朱櫻結子獨纍纍條架中宛轉明珠
滑舌上逡巡絳雪消仰齅佳人露猶濕偷銜啼鳥語
尤嬌南方荔子爭先後羞見炎風六月燒
林竹抽萌不忍挑誰家盈束伴晨樵籜龍似欲號無

罷食客安知惜後凋不願塩梅調鼎味姑從律呂雁
簫韶林間老死雖無用一試冬深雪到腰

西軒畫祐木㸃石一首

西川素幷開白雲娑婆老桂依霜輪傾免出走蟾蜍
幷河漢卷海機石鑄產牛自載倚桂根清風颯然吹
四鄰東坡妙思傳子孫作詩髣髴追前人筆墨墮地
稱奇珍閉藏不聽落泥塵老人讀書眼病昏一看落
筆生精神

悟老住慧林一首

能公住嶺南正覸呼不起忠公客中禁朝恩不為累

道人無净穢所遇忘嗔喜悟公清净人心厭紛華地
慧林虚法席去有遲遲意投身淤泥中佛法何處是
引身山林間過患差無幾力小難自欺心安似無愧
悟世常失人遠心輙喪以徐行勿與較乘流得坎止
君看净因指志以直身遂殺身竟何益犯難豈爲智
去住本由天毋求亦無避相期明且哲大雅亦如此

蠶麥一首

春早麥半熟蠶收僅十分不憂無餅餌已幸有襦裙
造化貞憐汝耕桑不謾勤經過話關陝貧病不堪聞

北堂一首

吾廬雖不華粗有南北堂通廊開十窻爽氣來四方
風長日氣遠六月有餘凉兒女避不居晋此奉爺娘
爺娘髮如絲不耐寒暑傷單衣焦葛輕軟飯稔芥香
無客愆晌起有客羅壺觴今年得風痺摩膏沃椒湯
念終捨此去故山松栢蒼此地亦何爲歲時但烝嘗

秋稼一首

雨晴秋稼如雲宅豆没雞兎禾没人老農歡笑語行
路十年倹薄無今晨無風無雨更一月藜羮黍飯供
四鄰天公似許百姓足人事未可一二論窮邉逃卒
到處滿燒埸入室才逡巡縣符星火雜鞭箠解衣乞

與猶怒嗔我願人心似天意愛惜老弱憐孤貧古來堯舜知有否詩書到此皆空文

七夕一首

火流知節換秋到喜身安林鵲真安在河橋晚未完得閑心不厭求巧老應難送酒誰知我瓢樽昨暮乾

食雞頭一首

風開芡觜鐵爲鬚斧斫沙磨旋付厨細嚼兼收上池水徐嚥還成滄海珠佳客滿堂湏一斗閑居賴我近平湖多年不到會靈沼氣味宛然初不殊

秋雨一首

禾田已熟畏愁霖積潦欲乾泥尚深一雨　涼秋向
晚似安似病老相侵人間有盡皆歸物世外無生賴
有心要覔塵埃不到處一燈相照夜愔愔

補種牡丹二絕

野草凡花著地生洛陽十業種雖成姚黄性似天人
潔糞壤埋根氣不平
換土移根花清性猶嫌入伏午陰煩清泉翠幄非難
辦絶色濃香別眼看

曹郎卞文赴山陽令一首

囊空口衆不堪閑却喜平生得細論鶴髮進封償舊

德彩衣聽訟勉平反楚風剽疾觀新政浙水簫條詠
舊恩記取老人臨別語茶甌霜後早相存

辛卯九日二首

九日貞佳節年年長賦詩深慙鶴髮老每與菊花期
帽落無人拾酒狂聊自持豐年餘社甕天意念衰羸

又

我飲不爲酒黃花競此時茱萸謾辟惡麴糵助和脾
淺酌何勞訴獨醒徒爾爲來年我猶健相對亦如斯

又

河朔今將到山陽近欲行老懷驚聚散一酌慰平生

陋巷連墻久長淮照眼明到官紛訟牒應憶此時情
暹歸自河朔即前當至曹郎將赴山陽即後當行也

早睡一首

老人如嬰兒起晏睡常早氍氈薄絮被孤枕自媚好倒床作龜息逡巡輒復覺隔門燈火明髩鬚聞語笑杯棬相勸酬往往見譏誚披衣坐跏趺衰老當自了室空窓亦虛半夜明月到老盧下種法從古無此妙根生花輒開得者自不少要須海底行更問藥山老

聽前栢一首

穉栢如嬰兒冉冉冉尺長移根出澗石植𠏉對華堂

重露恣膏沐清風時抑揚我老不耐寒憐汝堪風霜朝夕望爾長尺寸常度量知非老人伴可入諸孫行想見十年後簷前蔚蒼蒼人來顧汝笑誦我此詩章

十二月二十九日雪四首

床頭唧唧糟鳴甕夜半蕭蕭雪打窗擁褐旋驚花著樹潑醅初喜酒盈缸鄰翁晨乞米三斗釣戶暮留魚一雙目笑有無今粗足遂憐逐客過重江（時逐客有過湖嶺者）

龕燈照室久妨睡雪氣侵人不隔窗枕上詩成那起草槽頭酒滴暗鳴釭遙知狂客應回去高臥幽人未有雙猶憶新灘泊船處堆蓬積玉撼長江

幽居漫尔存三徑燕坐何妨應六慾老憶舊書時展
卷病封藥酒旋開缸卜園提落黃花盡古檜飛鳴白
鶴雙珍重老盧留種子蕘生不復問王江
鷄子一飛超漲海蜂兒終日透晴窓心空莫著書千
卷客到長斟酒半缸性命早知元有分文章誰言舊
無雙何年結束尋歸路還看蕪顧下飲江

冬日事即一首

寒日初加一線長臘醅添浸满羅光新年只願多新
酒舊疾微今變舊方自皆杯棬元窄小得閑筋力尚
康強買田種秣貧無計自有人家為捍秋近來腰疾頗退足疾

旧餘一二醫婁生言
尚所用藥須少增損

畫學董生畫山水屏風一首

承平百事足鴻都無不有蒹牘試篆隸丹青寫飛走
紛然四方集猻兕萃林藪何人知無益長嘯呼鷹狗
奔逃走城邑驚顧念餬口素屏開白雲擲我茅簷陋
潏毫顧揮洒峯巒映巖竇巨石連也軸飛布瀉天漏
縈山一徑通過水徹橋構出家煙火然遠寺晨鍾叩
僧從何方來行速午齋後有客呼渡船隔水惟病叟
听然發一笑此處定貞否人生初偶然與此誰夭壽
厄窮妄自憐一醉輙日富客至一茫然邀我酤斗酒

冬至日作一首

羲和飛轡晋不住小兒逢節喜欲舞人言老翁似小兒烝豚釀酒多爲具潁川本自非吾鄉鄰里十年成舊故誰令閉户謝往還壽酒獨向兒孫舉飲罷跏趺閉雙目寂然自有安心處心安自謂無老少不知鬢髮已如素似聞錢重薪炭輕今年九九不難數

冬至雪一首

一氣潛萌九地中雪花微落四無風初陽便有回天力宿瘴徐看卷地空家釀再投猶恨薄官酤多取定無功時人淺陋終無益徑就天公借一豐

佳節蕭條陋巷中雪穿窗户有顔風出迎過客知非
病歸對先師喜屢空黍醞盈瓢終寡味石薪供竈信
奇功頗嫌半夜欺毛褐却喜年來麥定豐

讀樂天集戲作五絶

樂天夢得老相從洛下詩流得二雄自笑索居朋友
絶偶然得句與誰同
樂天得法老凝師後院猶存楊柳枝春盡絮飛餘一
念我今無累百無思
樂天投老刺杭蘇溪石胎禽載舳艫我昔不爲二千
石四方異物固應無

樂天引洛注池塘畫舫飛橋映綠楊潩水隔城來不得不辭策杖看湖光

樂天私竹自成園我亦墻陰數百竿不共伊家鬬多少也能不畏雪霜寒

記病一首

我病在脾胃一病四十年微傷輒暴下傾注如流泉去年醫告我此病猶可痊試取薑豆附三物相和丸服之不旬浹病去如醫言醫言藥有毒病已當速捐我意藥有功服久功則全侵尋作風痺兩足幾蹣跚徐悟藥過量醫初固云然舊病則已除奈此新病纏

醫言無甚憂前藥姑捨旃藥毒久自消貞氣從此完
鄙夫不信醫私智每自賢咄哉已往咎終身此當弘

除日二首

屠酥宬後不辭飲七十四人今自希筋力明年應更
減誠心憂世久知非脾寒服藥近方驗風痺經冬勢
漸微得罪明時歸已晚此生此病任人譏

七十四年明日是三千里外未歸人酒籌泉湧知迎
節詩句雲生喜見春賀客不來知我病鄰家竊語笑
吾貞時人莫作樂天看燕坐端能畢此身樂天居洛陽日正与予年相若非齋居道場輙攜酒尋花遊賞泉石畢集暇日予性拙且懶杜門養病已僅十年樂天未必能

倆也

上元一首

上元車馬正喧喧老病無聊長掩門不著繁燈眩雙目獨邀明月上前軒跏趺默坐闐三鼓寂寞誰來共一樽已覺城中塵土臭急將清雨洗乾坤

壬辰生日兒姪諸孫有詩所言皆過記胷中所懷亦自作一首

生日今朝是忽忽又一年讀書貞已矣閉目但茫然下種言非妄開花果定圓驅羊舊有法視後直須鞭

白鬚一首

少年不辦求良藥老病無疑生白髮下種已遲空悵望無心猶幸省工夫虛明對面誰知我寵辱當前莫問渠自項閉門今十載此生畢竟得如愚

林筍一首

竹林遭凍曾枯死春筍連年再發生天與歲寒終倔強澤分淇奥轉敷榮狂鞭已逐草侵徑疎影長隨月到楹嵇阮欲來從我飲開門一笑亦逢迎

西軒種丹山一首

淮陽千葉花到此三百里城中衆名圃栽接比桃李吾廬適新成西有數畦地乘秋種山丹得雨生可喜

山丹非佳花老圃有深意宿根已得土絶品皆可寄
明年春勝升盆尺爛如綺居然盜天功信矣斯人智
根苗相因依非貞亦非僞客來佳一笑勿問所從致

遊西湖一首

閉門不出十年夂湖上重遊一夢回行過閭閻爭問
訊忽逢魚鳥亦驚猜可憐舉目非吾黨誰與開樽共
一杯歸去無言掩屏卧古人時向夢中來

泛淇水一首

早歲南遷恨舳艫歸來平地憶江湖半篙春水花千
片八尺輕船酒一壺徐轉城陽平野闊稍通竹徑小

亭孤前朝宰相終難得父老咨嗟今亦無自漢靖之冊至曲水閣本文路公舊物路公以遺賈魏公今爲賈氏園矣

風痺三作一首

年老白病生風痺已三作主家長患聾說法仍害脚十年學跌坐從此罷雀躍閉目時自觀寸田飽耕鑿下種本無種服藥亦非藥田熟根自生病去如花落吾生默已定有數誰能卻數盡吾則行未應墮冥漠

新作南門一首

于公決獄多陰功自知有子當三公高作里門車馬通定國精明有父風飲酒一石耳目聰漢家宰相仍

侯封左右中興始且終我家讀書自我翁耻言法律
羞兵戎中年出入黃門中智巧不足稱愚忠雖云寡
過亦無功不伎不求心空粗舉世知我惟天工恃此
知不累兒童作門不痺亦不隆陋巷正與顔生同勢
家笑唾儻見容

春旱一首

舊俸存無幾生齒日益多敝廬雖粗完空廩無麥禾
首種二頃田奈此春旱何誰能持隻雞一酹邪山阿
飢寒誰相念幸龍未見訶去年投虎頭扣門用干戈
邂逅一尺雨豈復陰陽和幽明初不隔誠意豈在多

惻然上天通郟此一盤渦雲與兩隨至父老行且歌

感秋扇　首

團扇經秋似敗荷卅青髩鬍舊松蘿一時用舍非吾事舉世炎凉奈爾何漢代誰令収汲黯趙人猶欲用廉頗心知懷袖非安處重見秋風愧恨多

欒城第三集卷第三

欒城第三集卷第四

詩十二首

喜姪邁還家一首

一別忽七歲五除還家惟我白髭鬚懷中初見孫五世巷口新成宅一區（姪房添一男孫子亦葺成敝廬皆別後事）林下酒尊還漫設床頭易傳近看無老年遊宦真安往南北相望結草廬

次前韻

心空煩惱不須除白盡年來罷鑷鬚隨俗治生終落落苦心憂世漫區區居連里巷知安否業卯田園問

有無我已閉門還往絶待乘明月過君廬

喜雨五月十九日夏至

一旱經春夏已半好雨通宵曉未收氣爽蹔令多病喜來遲未艓老農憂力耕僅足公家取遺秉休遺寡婦求時向林間數新竹籜龍騰上欲迎秋

雨過一首

東南流注巳鳴澗西北霏微僅歛塵人意共懷艱食病天公那有不仁八雲移已分貧無福雩應方知社有神田里相望無一舍終年苦樂會須勻

溽暑一首

東風吹鼎方燃薪漉魚出没一世人隨湯上下猶欣欣不識河漢清涼津十年我已不出門可憐尚寄生死濵老知下種功力新開花結子當有辰寒暑一過聊嚬呻至此有道非有神

外孫文九伏中入村賬麥一首

春旱不雨憂無麥入囷得半猶足食伏中一賬不可緩旱田蒼耳猶難得人言春旱夏當潦入伏未保天日好老農經事言不虚防風防雨如防盗外孫讀書舊有功五言七字傳祖風旋投詩筆到田舍知我老來纔且慵秋田正急車難起汗滴肩赬愧鄰里磨聲

細轉雪花飛舉家百口磨牙齒食前方丈我所無烝鵝十字或有諸孫歸何用慇勤苦烹雞亦有烹胡盧唐劉巖饞慎既老家居諸公嘗往問疾公設食待客楸庖夫爭去毛勿觔折其項客喜為燂食烝鴨也食至乃烝胡盧耳諸公皆不飽公食之殊美

大雨後詠南軒竹二絕句

苦寒壞我千竿綠好雨還催衆筍長痛飲雖無嵇阮客瓢尊一試午陰凉

葉開翡翠才通日節竦琅玕不怕風稍放西邊深二丈端谷如幽茂中林竹西有二丈隙地筍循未到

秋後即事一首

苦熱真疑不復凉火流漸見迫西方淸風一夜吹茅
屋竹簟今朝避石床露濕中庭菊含蘂水浮西浦稻
生芒秋成得飽家家事莫笑農夫喜欲狂

送遲赴登封丞一首

昔我過嵩陽秋高日重九晨邀同行客共舉登高酒
藤蘂生胼胝一覽何山富封壇土消盡中夜捫星斗
下山雙足瘃欲上知難又回首煙雲中隱約見巖岫
未老約來遊何意七十後吾兒性靜默丞邑山路口
秋暑山尚煩冬雪山方瘦春山利遊覽安輿郎迎父

省事一首

早歲讀書無甚解晚年省事有奇功自許平生初不錯人言畢竟兩皆空空中有實何人見實際心知與佛同煩惱消除病亦去閉門便了此生中

廣福僧智昕西歸一首

先人寄柬巖藹然四無憐八尺清冷泉中有白髮人婆婆弄明月松間夜相賓平生指庚壬終老投此身築室頳川市西望長悲辛故山比丘僧壓足超峨岷歸途三十里秋風入衣巾北崦百步外我夢一室新速營二間堂來奉兩足尊我歸要有時久遠與子親悟老非凡僧瓦礫化金銀歸去味玄言見日當自陳

欒城第三集卷第四

欒城三集卷第五

詩賦銘贊共十首

種藥苗二首 引并

予閑居潁川家貧不能辦肉每夏秋之交菘芥未成則槃中索然或教予種罷粟決明以補其匱寓潁川諸家多未知此故作種藥苗二詩以告之皆四章章八句

種罷粟

築屋城西中有圖書窻户之餘松竹扶踈拔棘開畦以毓蕭蔬畦夫告予罷粟可儲罷小如罷粟細如粟

與麥皆種與稌皆熟苗堪春菜實比秋穀研作半乳
烹爲佛粥老人氣衰飲食無幾食肉不消食菜寡味
柳槌石鉢煎以蜜水便口利喉調養腑胃三年杜門
莫適往還四人衲僧相對忘言飲之一杯笑失欣然
我來頼川如遊盧山

種决明

閑居九年禄不代耕肉食不足藜藿烝羮多求異蔬
以佐晨烹秋種罌粟春種决明决明明目功見本草
食其花葉亦去熱惱有能益人刹可以飽三嗅不食
笑杜陵老匕人平生以書爲累夜燈照惟末曉而起

百骸未病兩目告瘁決明雖良何補於是自我知非
卷去圖書閉目内觀妙見自如開阿那律無目而視
決明何爲適口乎爾

上巳一首六言

春服初成日暖淇河澌瀨風凉欲復孔門故事略有
童冠相將城西百步而近杏花半落草香欣然顧與
數子臨水一振衣裳故人有酒未酌爲我班荆舉觴
我雖少飲不醉未怪遊人若狂春風自爾一月花絮
極目飛揚誦詩相勸行樂良士但取無荒

上巳後一首六言

上巳已過旬日西湖尚有遊人老人復歸閉戶戶外百事日新呼兒試問築室春晚何日堂成我家舊廬江上隱居三世相因晏子不願改卜我今已愧先君始有茍合則止已老姑欲安身西望丞嘗有處傳家圖史常陳門中此外何事世故有耳不聞食訖趺坐日昃此心皎皎長存萬事汝勿告我婚嫁自畢諸孫

堂成一首四言

築室三年堂成可居我初不知諸子勞劬父母老矣風雨未除稾裝幾何勿問有無伐木於山因此舊廬不約不豐燕處無餘堂開六楹南北四筵晝明廓然

夜冥黯然四鄰無聲布披氈毹身非蚌螺一睡經年
夜如何其卧坐燕安善惡不思此心自圓東廂靖深
以奉嘗烝老佛之廬朝香夜燈西廂千卷圖書之林
先人所遺子孫是承杖屨經行直如引繩顧視而笑
此如我心諸子之宫左右吾皆將食擊板一擊而會
爪畦芋區分布其外鉏去瓦礫壤而不堲厥井重浚
泉眼仍在轆轤雷鳴井兩時霈園夫能勤家足于菜
有客叩門賀我堂成揖客而笑念我平生三世讀書
粗免躬耕明窗脩竹惟我與兄蔭映茅茨吐論崢嶸
倡狂妄行以得此名老而求安匪以爲榮

雙栁一首四言

我作新堂中庭蕭然雙栁對峙春陽既應千條萬葉風濯雨洗如美婦人正立櫛髮髮長至地微風徐來掩冉相繆亂而復理垂之爲纓綰之爲結屈伸如意燕雀翔舞蜩蛰嘶鳴不召而至清霜夜落衆葉如剪顔色憔悴亦愧松栢歲寒不改見嘆夫子聊問淵明攀條嘯詠得酒徑醉一壓粗給三黜不去如亦展惠

卜居賦一首并引

昔予先君以布衣宦學四方甞過洛陽愛其山川慨然有卜居意而貧不能遂予年將五十與兄子

瞻皆仕於朝裒槖中之餘將以成就先志而獲罪
於時相繼出走予初守臨汝不數月而南遷道出
潁川顧猶有後憂乃留二子居焉曰姑餬口於是
既而自鈞遷雷自雷遷循凡七年而歸潁川之西
三十里有田二頃而僦廬以居西望故鄉猶數千
里勢不能返則又曰姑寓於此居五年築室於城
之西稍益買田幾倍其故曰可以止矣蓋卜居於
此初非吾意也昔先君相彭眉之間爲歸全之宅
指其庚壬曰此而兄弟之居也今子瞻不幸已藏
於郟山矣予年七十有三異日當追蹈前約然則

頴川亦非予居也昔貢少翁爲御史大夫年八十一家在瑯琊有一子年十二自憂不得歸葬元帝哀之許以王命辦護其喪譙允南年七十二終洛陽家在巴西遺令其子輕棺以歸今予廢棄久矣少翁之寵非所敢望而允南舊事庶幾可得然平昔好道今三十餘年矣老死所不能免而道術之餘此心了然或未隨物淪散然則卜居之地惟所遇可也作卜居賦以示知者

吾將卜居居於何所西望吾鄉山谷重阻兄弟淪喪顧有諸子吾將歸居歸與誰處寄籍頴川築室耕田

食粟飲水若將終焉念我先君昔有遺言父子相從
歸安老泉閱歲四十松竹森然諸子送我歷井捫天
汝不忘我〻不忘先庶幾百年歸掃故阡我師孔公
師其致一亦入瞿曇老聃之室此心皎然與物皆寂
身則有盡惟心不没所遇而安孰匪吾宅西從吾父
東從吾于四方上下安有常處老聃有言夫惟不居
是以不去

銅雀硯銘

客有遊河朔登銅雀廢臺得其遺瓦以爲硯甚堅
而澤歸以遺子爲之銘曰

土生萬物而能長存銅雀初成萬瓦雲屯得水而埏
得火而堅水乾火冷而土不遷否質金聲水火則然
臺毀棟摧誰使獨全披榛得之如見古人來爲吾硯
明窗細氊老尚著書撫之長歎川捨有時一愚一賢

壬辰年寫真贊

頻濱遺民布裘葛巾紫綬金章乃過去人誰歟丹青
畫我前身遺我後身一出一處皆非吾真燕坐蕭然
莫之親與

管幼安畫贊并引

子自龍川歸居頻川十有三年杜門幽居無以自

適稍取舊書閲之將求古人而與之友蓋於三國
得一焉曰管幼安寧幼安少而遭亂渡海居遼東
三十七年而歸歸於田廬不應朝命年八十有四
而没功業不加於人而予獨何取焉取其明於知
時而審於處已云爾蓋東漢之衰士大夫以風節
相尚其立志行義賢於西漢然時方大亂其出而
應世鮮有能自全者潁川孫文若以智策輔曹公
方其擒吕布斃袁紹皆談笑而辦其才與張子房
比然至於九錫之議卒不能免其身彭城張子布
忠亮剛簡事孫氏兄弟成江東之業然終以直不

見容力爭公孫淵事君臣之義幾絕平原華子魚
以德量重於曹氏父子致位三公然曹公之殺伏
后子魚將命至破壁出后而害之汝南許文休以
人物臧否聞於世晚入蜀依劉璋先主將克成都
文休逾城出降雖卒以爲司徒而蜀人鄙之此四
人者皆一時賢人也然直已者終害其身而枉已
者終喪其德處亂而能全非紉安而誰與哉舊史
言紉安雖老不病著白帽布襦袴布裙宅後數十
步有流水夏暑能策杖臨水盥手足行園圃歲時
祀其先人絮帽布單衣薦饌饋跪拜成禮予欲使

畫工以意髣髴畫之昔李公麟善畫有顧陸遺思

今公麟死久矣恨莫能成吾意者姑爲之贊曰

幼安之賢無以過人予獨何以謂賢賢其明於知時審於處已以能自全幼安之老歸自海東一畆之宫閉不求通白帽布裙舞雩而風四時烝嘗饋奠必躬八十有四蟬蛻而終少非漢人老非魏人何以命之天之逸民

欒城三集卷第五

欒城第三集卷第六

策問論一十七首

問大泉直十行於世僅十年矣物重而泉輕私鑄如雲百物踴貴民病之久矣朝廷知之凡官府之積以數千萬計而民間之畜不可勝數以民之不易也棄而不惜十損其七聖人仁民之意可謂深矣然竊意舊泉耗於盜鑄新泉在者十三而公私百用大率如故求所以善其後者不可不預講也願著之于篇有司將有採焉

問堯舜周孔之道行於天下無一物而不由無一日

而不用而佛老之教常與之抗衡於世世主之欲舉而廢之者屢矣而終莫能此豈無故而能然哉諸生皆學道者也請推言其所以然辯其不可去之理與雖不去而無害於世者詳著之于篇

問河朔有橋非古也河流於澶而橋始成南北通行契丹來和百有餘年夫豈偶然也哉今河出於滑古所謂白馬之津也白馬之津是謂官渡則可橋則否橋屢成矣而河漲輒敗以虜使之歲至也而不能已朝廷睦鄰之意厚矣而河朔之人或以爲病方今之計其便安在

問士大夫居閭閻間習知民病其多不可盡言也姑問其六曰何以使民習於孝弟而無邪僻何以使士安於實行而無矯僞何以使吏食其祿而無妄取何以使文符稀少而賦斂時辦何以使兵安其戍而無逃叛何以使囹圄空虚而無歎赦

問堯憂洚水之害朝多賢者不用而用鯀鯀九年無成功民被其患者多矣武王克商微子帝乙之元子其賢聞於天下不立而立武庚武庚卒與三監叛幾爲周室大患此二聖人者知其不可用而用之耶抑亦未之知耶宜有以辦之

問孔子稱顏子簞食瓢飲不改其樂一時門弟子莫及之者而韓子以此爲哲人之細事子路稱千乘之國師旅饑饉之餘可使有勇而知方孔子目之以政事不以仁許之而孟子以爲賢於管仲孟子韓子之言果得孔子之意矣乎

問三代聖人其所以治天下大者諸侯其次井田其次肉刑自三代之衰強弱相吞而諸侯自滅貧富相并而井田自壞劓刖傷人而肉刑自廢漢唐之間儒者咨嗟太息欲復三代之故而不能者多矣請詳論之此三者誠非耶三代聖人以此治天下九千有餘

年而未嘗變當時亦莫以爲非者誠是耶自漢至今亦數千載時用時舍迨今掃蕩無餘而天下未嘗不治學者宜知其故不可不論也

問學者皆宗孔孟今考之於書猶有異同之說姑論其一二孔子之於管仲雖以爲小器而許其九合之仁其於子路雖稱其有折獄之明無緼袍之耻而知其不得其死至於孟子則高子路下管仲孔子之於伯夷叔齊以爲古之賢人稱柳下惠言中倫行中慮而譏其降志辱身至於孟子則皆以爲聖人然則學者今將從孔子歟從孟子歟其明言之

問舜命九官九爲國之政無一不舉歷夏商至周宅六官之典備至于今循之然以今之官考舜之舊而虞稷二官獨廢而不修蓋耕耨稼穡草木鳥獸皆民之所賴以生而國用之所由以足者而獨無以專治其事豈后稷伯益之官皆爲虛設而舜之所命亦有不切於事者歟可詳論之

問魯自宣公失政三桓竊撫其民至昭公五世不競將逐季氏遂以失國然孔子相定公將墮三都費人不順兵及公側僅而勝之成人拒命伐之不克幾至於亂孔子之爲是何也及其自衛反魯雖爲大夫不

任其事矣季氏將用田賦使冉有訪焉默而不答然齊有田氏之禍則沐浴而朝請舉兵討之夫哀公君臣非能正鄰國之亂者孔子以爲是亦何也

問郊祀天地見於詩書固有國之常禮也三代旣衰禮失其舊秦漢之間祀五時封太山禮汾陰雜出於郊祀之外儒者以爲此禮之大者然五時廢於漢元封禪止於晉武當時自以爲賢於秦漢今將考論其實此三者於唐虞三代抑嘗行之乎所謂封禪七十三君亦可信乎秦不足言漢之諸儒初不言封禪封禪之端發於相如相如之言抑可信乎

問祖宗承五代之餘禮樂未完學校未立其所以爲天下者皆漢唐之遺事也然自今觀之其削平僭亂攘却夷狄戰必勝攻必取及天下已平祥符景德之間百姓家給人足相賢將勇中外無事朝廷有諍臣州郡有循吏至於文章之盛至與漢唐相若敢問其所以致此者何也今自十有餘年禮樂學校之政幾一新矣其將追繼祖宗而上耶漢唐不足言其於三代其亦庶幾矣乎

問桓文五伯之盛也方是時楚以諸侯而僭稱王召陵之會桓公責包茅之不入而不及其僭柯之盟曹

沫兵刼桓公以求侵地而桓公不以爲罪城濮之戰文公以君避臣而不以爲耻圍鄭之役秦伯私與鄭盟引兵先歸而文公不討其貳敢問伯者之盛固若是而可乎

問人之所同好者生也所同貴者位也所同欲者財也天下之大情盡於是矣然此三者常相爲用生者人之本也無財則無以生無位則無以養生而理財作易者蓋知此矣既言三者而叅之以仁義其旨安在

問賢不肖之不能相及雖父子兄弟之閒有不免焉

堯舜之朱均周公之管蔡盖無足疑者至於孔子門弟子三千餘人其所謂賢者十人而已此十人者與孔子周旋於天下父者數十年其歷試而詳觀之者審矣然子路事衛出公莊公自晉反衛刼孔悝而盟之子路為孔悝攻莊公於臺上不知父子争國之不可也田常亂齊宰我助田氏以陷於大戮此二人者亦何為立於孔氏之門乎

問善為國者惟其稱耳其取士也因官而取人故士無溢員其用財也量入以為出故財無不足其治邊也量力而闗上故邊無不守今也取士日廣則官不

能容用財無藝則常賦不足開邊日遠則見兵愈勞將以救此蓋有畢意而辦者亦有改途易向雖久而不能辦者試詳論之

觀會通以行典禮論

論曰事物之變紛紜雜出若不可知然而有至理存焉禍福治亂之際傾側多故若不可處然而有夷路存焉世之人不知至理之所在也迷而妄行於是有風波作於平地親戚化爲仇怨者矣聖人不然虛心以待物物至而情僞畢陳於前夫知所以御之是以遇繁而若一履險而若夷未嘗有所難者易曰聖人

有以見天下之動而觀其會通以行其典禮繫辭焉以斷其吉凶是故謂之爻會通者理之所出也典禮者其所以接物也易有八卦重而爲六十四卦有六爻爻之多至於數百皆聖人指會通以示人陳典禮以教人者也今將言之其多不可勝舉姑以乾坤明之乾之初不潛則危其身四不躍則喪其功二不田則無以廣其德五不天則無利於人至於坤之初警之以履霜其上戒之以龍戰其三教之以無成其四慎之以括囊凡易之談會通而陳典禮者可以類求矣舜之爲朕人也父頑母嚚象傲艱哉舜之處於其

家也周公之爲冢宰也外則管蔡讒之以爲將不利
於孺子内則成王疑之殆哉周公之立於其朝也然
四岳之稱舜曰烝烝乂不格姦詩人之美周公曰狼跋
其胡載疐其尾公孫碩膚赤舄几几蓋舜與周公臨
天下之至變履天下之大艱而泰然如拱揖於廟堂
之上跪起於尊俎之間可不謂善觀會通以行典禮
也哉昔庖丁之論解牛曰良庖歲更刀割也族庖月
更刀折也今臣之刀十九年矣而刀刃若新發於硎
彼節者有閒而刀刃無厚以無厚入有閒恢恢乎其
於游刃必有餘地矣蓋聖人之於事如庖丁之於牛

知之明故處之暇處之暇故事無不濟者此其所以爲聖人也謹論

欒城三集卷第六

欒城三集卷第七

論語拾遺并引

予少年爲論語略解子瞻謫居黃州爲論語說盡取以往今見於書者十二三也大觀丁亥閑居潁川爲孫籀簡鈞講論語子瞻之說意有所未安時爲籀等言凡二十有七章謂之論語拾遺恨不得質之子瞻也

巧言令色世之所說也剛毅木訥世之所惡也惡之斯以爲不仁矣仁者直道而行無求於人望之儼然即之也溫聽其言也厲而何巧言令色之有彼爲是

者將以濟其不仁爾故曰巧言令色鮮矣仁又曰剛毅木訥近仁

子貢曰貧而無諂富而無驕何如子曰可也未若貧而樂富而好禮者也夫貧而無諂富而無驕亦可謂賢矣然貧而樂雖欲諂不可得也富而好禮雖欲驕亦不可得也子貢聞之而悟曰士之至於此者抑其切磋琢磨之功至也歟孔子善之曰賜也始可與言詩已矣告諸往而知來者舉其成功而告之而知其所從來者所謂聞一以知二也歟

易曰無思無爲寂然不動感而遂通天下之故詩曰

思無邪孔子取之二者非異也惟無思然後思無邪
有思則邪矣火必有光心必有思聖人無思非無思
也外無物內無我物我旣盡心全而不亂物至而知
可否可者作不可者止因其自然而吾未嘗思未嘗
爲此所謂無思無爲而思之正也若夫以物役思皆
其邪矣如使寂然不動與木石爲偶而以爲無思無
爲則亦何以通天下之故也哉故曰思無邪思馬斯
徂苟思馬而馬應則凡思之所及無不應也此所以
爲感而遂通天下之故也
終日不食終夜不寢致力於思徒思而無益是以知

思之不如學也故十有五而志于學則所由適道者順矣由是而適道知道而未能安則不能行不能行則未可與立惟能安能行乃可與立故三十而立可與立矣遇變而惑則雖立而不固故四十而不惑則可與權矣物莫能惑人不能遷則行止與天同吾不違天而天亦莫吾違也故五十而知天命人知至於此也其所以施於物而行於人者至矣然猶未也心之所安耳目接於物而有不順焉以心御之而後順則其應必疑故六十而耳順目所遇不思而順矣然猶有心存焉以心御心乃能中法惟無心然後縱

心而不踰矩故七十而縱心從所欲不踰矩

我與物爲二君子之欲交於物也非信無目入矣譬如車輪輿䡈具牛馬旣設而判然二物也夫將何以行之惟爲之輗軏以交之而後輪輿得藉於牛馬也輗軏轅端持軛者也故曰人而無信不知其可也大車無輗小車無軏其何以行之哉車與馬得輗軏而交我與物得信而交金石之堅天地之遠苟有誠信無所不通吾然後知信之爲輗軏也

不仁而久約則怨而思亂久樂則驕而忘患故曰不仁者不可以久處約不可以長處樂然則何所處之

而可曰仁人在上則不仁者約而不慫樂而不驕管仲奪伯氏駢邑三百飯蔬食沒齒無怨言與豎刁易牙俱事桓公終仲之世二子皆不敢動而况管仲之上哉

仁者無所不愛人之至於無所不愛也其蔽盡矣有蔽者必有所愛有所不愛無蔽者無不愛也子曰惟仁者能好人能惡人以其無蔽也夫然猶有惡也無所不愛則無所惡矣故曰苟志於仁矣無惡也其於不仁也亦哀之而已

性之必仁如水之必清火之必明然方土之未夫也

水必有泥方薪之未盡也火必有煙上去則水無不
清薪盡則火無不明矣人而至於不仁則物有以害
之也君子無終食之間違仁造次必於是顛沛必於
是非不違仁也外物之害既盡心一而不雜未嘗不
仁也若顏子者性亦治矣然而土未盡去薪未盡化
力有所未逮也是以能三月不違仁矣而不能遂以
終身其餘則土盛而薪強水火不能勝是以日月至
焉而已矣故顏子之心仁人之心也不幸而死學未
究其功不見於世孔子以其心許以矣管仲相桓公
九合諸侯一匡天下此仁人之功也孔子以其功許

之矣然而三歸反坫其心猶累於物此孔顏之所不爲也使顏子而無死切而磋之琢而磨之將造汰顛沛於是何三月不違而止哉如管仲生不由禮死而五公子之禍起齊遂大亂君子之爲仁將取其心乎將取其功乎二者不可得兼使天相人以顏子之心收管仲之功庶幾無後患也夫

孔氏之門人其聞道者亦寡耳顏子曾子孔門之知道者也故孔子歎之曰朝聞道夕死可矣苟未聞道雖多學而識之至於生死之際未有不自失也苟一日聞道雖死可以不亂矣死而不亂而後可謂學

矣
孔子歷試而不用慨然而歎曰道不行乘桴浮于海
從我者其由歟此非孔子之誠言蓋其一時之歎云
尔子路聞之而喜子路亦豈誠欲入海者耶亦喜孔
子之知其勇耳子曰由也好勇過我無所取材蓋曰
無所取材以爲桴也亦戲之云尔雖聖人其與人
言亦未免有戲也
令尹子文三仕爲令尹無喜色三已之無愠色孔子
以忠許之而不與其仁崔子弑齊君陳文子有馬十
乘棄而違之孔子以清許之而不與其仁此二人者

皆春秋之賢大夫也而孔子不以仁與之孔子之以仁與人也固難殷之三人孤竹君之二子至於近世惟齊管仲然後以仁許之如令尹子文陳文子雖賢未可以列於仁人之目故冉有子路之政事公西華之應對與子文之忠文子之清一也臧文仲魯之君子也其言行載於魯而孔子少之曰臧文仲不仁者三不智者三下展禽廢六關妾織蒲三不仁也作虛器縱逆祀祀爰居三不智也捨是六者其餘皆仁且智也歟孔子曰君子而不仁者有矣夫君子而不仁則臧文仲之類歟

孔子居曾陽貨欲見而不往陽貨時其亡也而饋之豚孔子亦時其亡也而往拜之遇諸塗與孔子三言孔子答之無違孔子豈順陽貨者哉不與之較耳孟子曰當是時陽貨先豈得不見夫先之而必荅禮之而必報孔子亦有不得已矣孔子之見南子如見陽貨必有不得已焉子路疑之而孔子不辯也故曰予所否者天厭之天厭之以爲世莫吾知而自信於天云尔

泰伯以國授王季逃之荆蠻天下知王季文武之賢而不知泰伯之德所以成之者遠矣故曰泰伯其可

謂至德也已矣三以天下讓民無得而稱焉子瞻曰泰伯斷髮文身示不可用使民無得而稱之者讓國之實而無其名故亂不作彼宋宣魯隱皆存其實而取其名者也是以宋魯皆被其禍予以爲不然人患誠詉無争心苟非豺狼孰不順之魯之禍始於攝而宋之禍成於好戰皆非讓之過也漢東海王以天彊下授顯宗唐宋王成器以天下授玄宗兄弟終身無閒言焉豈亦斷髮文身子貢曰泰伯端委以治吴仲雍繼之斷髮文身孰謂泰伯斷髮文身示不可用者太史公以意言之耳

子曰三年學不至於穀不易得也穀善也善之成而可用如穀苗之實而可食也盡其心力於學三年而不見其成功者世無有也

武王曰予有亂臣十人孔子曰才難不其然乎唐虞之際於斯爲盛有婦人焉九人而已婦人者大姒也然則武王蓋臣其母乎古者婦人既嫁從夫夫死從子故春秋書僖公之母曰秦人來歸僖公成風之襚太姒雖母以九人數謂之臣可也

或問子西孔子曰彼哉彼哉鄭公孫夏無足言者蓋非所問也楚令尹子西相昭王楚以復國而孔子非

之何也昭王欲用孔子子西知孔子之賢而疑其不利楚國使聖人之功不見於世所以深疾之也世之不知孔子者衆矣孔子未嘗疾之疾其知我而疑我耳

陳成子弑簡公孔子沐浴而朝告於哀公曰陳恒弑其君請討之公曰告夫三子孔子曰以吾從大夫之後不敢不告也君曰告夫三子之三子告不可孔子曰以吾從大夫之後不敢不告也孔子爲魯大夫鄰國有弑君之禍而恬不以爲言則是許之也哀公三桓之不足與有立也孔子既知之矣知而猶告以爲

雖無益於今日而君臣之義猶有徵於後世也子贍
曰哀公患三桓之福常欲以越伐魯而去之以越伐
魯豈若從孔子而伐齊既克田氏則魯公室自張三
桓將不治而自服此孔子之志也予以爲不然古之
君子將有立於世必擇其君齊桓雖中主然其所以
任管仲者世無有也然後九合之功可得而成今哀
公之妄非可以望桓公也使孔子誠克田氏而返將
誰與保其功然則孔子之憂顧在克齊之後此則孔
子之所不爲也

孔子以禮樂遊於諸侯世知其篤學而已不知其他

犁彌謂齊晏公曰孔丘知禮而無勇若使萊人以丘劫魯侯必得志焉衛靈公之所以待孔子者始亦至矣然其所以知之者猶犁彌也久而厭之將傲之以其所不知蓋問陳焉孔子知其決不用也故明日而行使誠用之雖及軍旅之事可也

道之方充塞天地贍足萬物誠得其人而用之無所不至也苟非其人道雖存七尺之軀有不能充矣而況其餘乎故曰人能弘道非道弘人

羣居終日言不及義此里巷之鄙夫直情而恣行者也而孔子何難焉蓋知不義之可惡而欲以小惠徼

譽於世必以是取之此孔子之所難也

古之教人必以學學必教以道道有上下其形而上者道也其形而下者器也君子上達知其道也小人下達得其器也上達者不私於我不役於物故曰君子學道則愛人下達者知義之不可犯禮之不可踰故曰小人學道則易使也如使人而不知道雖至於君子有不仁者矣小人則無所不至也故曰君子而不仁者有矣未有小人而仁者也

有道者不知貧富之異貧而無怨富而無驕一也然而飢寒切於身而心不動非忘身者不能故曰貧而

無怨難富而無驕易

弟子入則孝出則弟謹而信汎愛衆而親仁行有餘力則以學文孝弟忠信汎愛而親仁皆其質也有其質矣而無學以文之者皆未免於有過也故曰好仁不好學其蔽也愚好智不好學其蔽也蕩好信不好學其蔽也賊好直不好學其蔽也絞好勇不好學其蔽也亂好剛不好學其蔽也狂此六者皆美質也而無學以文之則其病至此故曰十室之邑必有忠信如丘者焉不如丘之好學也質如孔子而不知學皆六蔽之所害蓋無足怪也

人生於欲不知道者未有不為欲所蔽也故曰人之少也血氣未定戒之在色學者未可以語道也故古之教者必始於周南召南周南召南知之不可已也而道之以禮以禮濟欲夫是以樂而不淫始學者安焉由是以免於蔽也謂伯魚曰汝為周南召南矣乎人而不為周南召南其猶正墻面而立也歟言欲之蔽也

古之傳道者必以言達者得意而忘言則言可尚也小人以言害意因言以失道則言可畏也故曰予欲無言聖人之教人亦多術矣行止語默無非教諸子

貢習於聽言而未知其餘也故曰予如不言則小子何述焉子曰天何言哉四時行焉百物生焉夫豈無以感而通之乎

衛靈公以南子自汙孔子去魯從之不疑季桓子以女樂之故三日不朝孔子去之如避寇讎子瞻曰衛靈公未受命者故可季桓子已受命者故不可子以爲不然孔子之世諸侯之過如衛靈公多矣而可盡去乎齊人以女樂間孔子魯君大夫既食餌矣使孔子安而不去則坐待其禍無可爲矣非衛南子之比也

君子無所不學然而不可勝志也志必有所一而後可志無所一雖博猶雜學也故曰博學而篤志將有問也必切其極退而思之必自近者始不然雖問而不信也君子之道造端乎夫婦及其至也察乎天地自夫婦之所能而思之可以知聖人之所不能也故曰切問而近思君子爲此二者雖不爲仁而仁可得也故曰仁在其中矣

欒城第三集卷第七

欒城第三集卷第八

易說三首

一陰一陽之謂道繼之者善也成之者性也何謂道何謂性請以子思之言明之子思曰喜怒哀樂之未發謂之中發而皆中節謂之和中也者天下之大本也和也者天下之達道也致中和天地位焉萬物育焉中者性之異名也性者道之所寓也道無所不在其在人爲性性之未接物也寂然不得其朕可以喜可以怒可以哀可以樂特未有以發耳及其與物接而後喜怒哀樂更出而迭用出而不失節者皆善也

所謂一陰一陽者猶曰一喜一怒云爾言陰陽喜怒皆自是出也散而爲天地歛而爲人言其散而爲天地則曰天地位焉萬物育焉言其歛而爲人則曰成之者性其實一也得之於心近自四支百骸遠至天地萬物皆吾有也一陰一陽自其遠者言之耳

大衍之數五十其用四十有九此何數也曰一氣判而爲天地分而爲五行易曰天一地二天三地四天五地六天七地八天九地十此十者天地五行自然之數雖聖人不能加損也故文王重易將以揲蓍則取其數以爲蓍數曰大衍之數五十大衍云者大衍

五行之數而取其五十云爾用於揲蓍則可而非天地五行之全數也故繼之曰天數五地數五五位相得而各有合天數二十有五地數三十凡天地之數五十有五此所以成變化而行鬼神也明此天地五行之全數古之聖人知之所以配天地參陰陽其用有不可得而知者非蓍數之所及也及子瞻論易乃以蓍數之故而損天地五行之全數以合之爲之說曰大衍之數五十者五不特數以爲在六七八九之中也言十則一二三四在其中言六七八九則五在其中矣一二三四在十中然而特見者何也水火木

金時見於四時而土不特見故土無定位無成名無專氣夫五行迭用於四時其不特見者均也謂土不特見此野人之說也今謂五行之數止於五十是天五爲庸語天數不得二十有五天地之數不得五十有五而可乎且土之生數既不得特見而其成數又以水火木金當之是土卒無生成數也使土無生成數則天地之數四十已而尚何五十之有且天地五行之數人之所不與也今也欲取則取欲去則去是以意命五行也蓋天以一生水地以二生火天以三生木地以四生金天以五生土五行既生矣而木及

成地安於下天運於上則五位相得而各有合地以五合一而水成天以五合二而火成地以五合三而木成天以五合四而金成地以五合五而土成天之所生不得地五則不成地之所生不得天五亦不成此陰陽之至情而古今之定論非臆說也且土之任天地四行之所賴以成而土之賴於四行者少其實可視而知不可誣也今將求合蓍數而黜土其為說跡矣

夫乾天下之至健也德行常易以知險夫坤天下之至順也德行常簡以知阻乾之健坤之順皆其材之

自然也譬如鳥之能飛魚之能游非有使之者也乾
以其健濟天下之險坤以其順濟天下之阻皆有餘
矣然而或亦不濟如鳥之能飛而因於弋魚之能游
而斃於網健順之不可恃者亦若是矣且天下之險
阻果安在乎物固有強弱有遠近有高下有好惡有
向背有取舍此爭之端而險阻之所出也方其不爭
乘之以至健和之以至順無不濟也逮其交爭健能
勝之順能說之尚可也不能勝不能說而險阻作矣
然則何爲而可易曰夫乾確然示人易矣夫坤隤然
示人簡矣健而無心者其德易其形確然順而無心

者其德簡其形隤然易簡積於中而確然隤然者著於外吾信之物安之雖險阻在前而無不知知之至則渙然氷釋無能爲矣此則簡易之功而非健順之所及也易曰易簡而天下之理得矣天下之理得而成位乎其中矣物得非理則吾何爲哉亦位於其中而已矣

洪範五事說一首

昔禹觀洛書而得九疇之次初一曰五行次二曰敬用五事二者天人之道而九疇之源本也漢劉向父子始采諸儒之說而作五行傳其論五事失其實者

過半後世因之予以爲不然乃爲之說曰五行天事也五事人事也五行之先後以天事言之五事之先後以入事言之天以一生水地以二生火天以二生木地以四生金天以五生土此五行之所以爲先後也人之生也形色具而聲氣繼之形氣具而視聽繼之形氣視聽具而喜怒哀樂之變至喜怒哀樂既既而思生焉喜怒哀樂之未至則無思也無爲也無思無爲則性也性非五事而五事之所依也故形色爲貌聲氣爲言目爲視耳爲聽心爲思此五事之所以爲先後也畜爲五藏發爲五事以應五行故脾之發

爲貌而主土肺之發爲言而主金肝之發爲視而主
木腎之發爲聽而主水心之發爲思而主火自黄帝
以來知醫者言之詳矣捨此則無以治病無以生殺
人也漢儒之説以言爲金以聽爲水則亦既得之矣
至於以貌爲木以視爲火以思爲土則不可何以言
之土之爲物形色先具而水火木金附焉故形色之
著者莫如土土實爲脾皮肉筋骨髓腦垢色皆土之
爲而脾之餘也此佛氏所謂地大者也其於人爲貌
貌之德恭恭之至肅肅則土得其性土得其性則能
勝水故其休徵時雨肅之反爲狂狂則土失其性土

失其性則不能勝水故其咎徵常雨肺之於人氣之所從出入也方其有氣而未聲則無以接物而物亦莫之喻也失其性火失其性故其咎徵當風此五者洛書之本說與黄帝之遺書合醫者由之至于今不變而漢之諸儒反之此智者之所大息也

詩病五事

李白詩類其爲人駿發豪放華而不實好事喜名不知義理之所在也語用兵則先登陷陣不以爲難語游俠則白晝殺人不以爲非此豈其誠能也哉白始以詩酒奉事明皇遇讒而去所至不改其舊永王將

竊據江淮白起而從之不疑遂以放死今觀其詩固
然唐詩人李杜稱首今其詩皆在杜甫有好義之心
白所不及也漢高帝歸豐沛作歌曰大風起兮雲飛
揚威加海内兮歸故鄉安得猛士兮守四方高帝豈
以文字高世者哉帝王之度固然發於其中而不自
知也白詩反之曰但歌大風雲飛揚安用猛士守四
方其不識理如此老杜贈白詩有細論文之句謂此
類也哉
大雅緜九章初誦太王遷豳建都邑營宫室而已至
其八章乃曰肆不殄厥愠亦不隕厥問始及昆夷之

怒尚可也至其九章乃曰虞芮質厥成文王蹶厥生予曰有疏附予曰有先後予曰有奔奏予曰有禦侮事不接文不屬如連山斷嶺雖相去絶遠而氣象聮絡觀者知其脉理之爲一也蓋附離不以鑿枘此最爲文之高致耳老杜陷賊時有詩曰少陵野老呑聲哭春日潛行曲江曲江頭宫殿鎖千門細柳新蒲爲誰緑憶昔霓旌下南苑〻中萬物生顔色昭陽殿裏第一人同輦隨君侍君側輦前才人帶弓箭白馬嚼齧黄金勒翻身向天仰射雲一箭正墜雙飛翼明眸皓齒今何在血汙遊魂歸不得清渭東流劒閣深去

住彼此無消息人生有情淚霑臆江水江花豈終極
黃昏胡騎塵滿城欲往城南忘南北予愛其詞氣如
百金戰馬注坡驀澗如履平地得詩人之遺法如白
樂天詩詞甚工然拙於紀事寸步不遺猶恐失之此
所以望老杜之藩垣而不及也
詩人詠歌文武征伐之事其於克密曰無矢我陵我
陵我阿無飲我泉我泉我池其於克崇曰崇墉言言
臨衝閑閑執訊連連攸馘安安是類是禡是致是附
四方以無侮其於克商曰維師尚父時惟鷹揚諒彼
武王肆伐大商會朝清明其形容征伐之盛極於此

矣韓退之作元和聖德詩言劉闢之死曰宛宛弱子赤立傴僂牽頭曳足先斷腰膂次及其徒體骸撑拄末乃取闢駭汗如雨揮刀紛紜爭切膾脯此李斯頌秦所不忍言而退之自謂無愧於雅頌何其陋也唐人工於爲詩而陋於聞道孟郊嘗有詩曰食薺腸亦苦強歌聲無歡出門如有礙誰謂天地寬郊耿介之士雖天地之大無以安其身起居飲食有戚戚之憂是以卒窮而死而李翺稱之以爲郊詩高處在古無上平處猶下顧沈謝至韓退之亦談不容口甚矣唐人之不聞道也孔子稱顏子在陋巷人不堪其憂

回也不改其樂回雖窮困早死而非其處身之非可以言命與孟郊異矣

聖人之御天下非無大邦也使大邦畏其力小邦懷其德而已非無巨室也不得罪於巨室巨室之所慕一國慕之矣曾昭公未能得民而欲逐季氏則至於失國漢景帝患諸侯之強制之不以道削奪吳楚以致亡國之變竭天下之力僅能勝之由此觀之大邦巨室非爲國之患患無以安之耳祖宗承五代之亂法制明具州郡無藩鎮之強公卿無世官之弊古者大邦巨室之害不見於今矣惟州縣之間隨其大小

皆有富民此理勢之所必至所謂物之不齊物之情也然州縣賴之以爲強國家恃之以爲固非所當憂亦非所當去也能使富民安其富而不橫貧民安其貧而不匱貧富相恃以爲長久而天下定矣王介甫小丈夫也不忍貧民而深疾富民志欲破富民以惠貧民不知其不可也方其未得志也爲兼并之詩其詩曰三代子百姓公私無異財人主擅操柄如天持斗魁賦予皆自我兼并乃姦回姦回法有誅勢亦無自來後世始倒持黠首遂難裁秦王不知此更築懷清臺禮義日以媮聖經久煙埃法尚有存者欲言時所咍俗吏不

知方倍克乃爲才俗儒不知變兼幷可無摧利孔至百出小人私闔開有司與之爭民愈可憐哉及其得志專以此爲事設青苗法以奪富民之利民無貧富兩稅之外皆重出息十二吏緣爲姦至倍息公私皆病矣吕惠卿繼之作手實之法私家一毫以上皆籍於官民知其有奪取之心至於賣田殺牛以避其禍朝廷覺其不可中止不行僅乃免於亂然其徒世守其學刻下媚上謂之享上有一不享上皆廢不用至於今日民遂大病源其禍出於此詩蓋昔之詩病未有若此酷者也

欒城三集卷第八

欒城第三集卷第九

書傳燈録後

予久習佛乘，是知出世第一妙理，然終未了所從入路。頃居淮西，觀《楞嚴經》，見如來諸大弟子多從六根入，至返流全一，六用不行，混入性海，雖凡夫可以直造佛地。心知此事數年於兹矣，而道久不進。去年冬，讀《傳燈録》，究觀祖師悟入之理，心有所契，必手録之，置之坐隅。蓋自達磨以來付法，必有偈。偈中每有下種開花之語。至六祖得衣法，南邁，有明上坐者追至嶺上，知衣不可取，悔過求法。祖誨之曰：汝諦觀察，不

思善不思惡正恁麽時阿那箇是明上坐本來面目
明即時大悟遍體流汗日頃在黄梅隨衆實不省自
已本來面目今蒙指示入處如人飲水冷暖自知祖
知明已悟教之善自護持而已及内侍薛簡問祖心
要祖亦曰一切善惡都莫思量自然得入清淨心體
湛然常寂妙用恒沙簡亦豁然大悟子釋卷歎曰祖
師入處儻在是耶既見本來面目心能不忘護持不
捨則謂下種也耶譬諸草木種子若置之虚空不投
地中雖經百千歲何緣得生若種之地中潤之以雨
露曝之以風日則開花結子數日可待六祖常謂大

衆汝等諸人自心是佛外無一物而能建立皆是本
心生萬種法因教之以一相一行三昧曰若人於一
切處不住相於彼相中不生憎愛亦無取捨不念利
益成壞等事安閑恬静虚融澹泊此名一相三昧若
於一切處行住坐卧純一直心不動道場真成净土
此名一行三昧若人具二三昧如地有種含藏長養
成就其實我今説法猶如時雨普潤大地汝等佛性
譬諸種子遇兹沾洽悉得發生承吾旨者決獲菩提
依吾行者决證妙果一相一行三昧則治地法也予
至此復歎曰祖師之言備矣而人自不知雖知未必

能行如予盖知而未能行者也昔李習之嘗問戒定慧於藥山藥山曰公欲保任此事須於高高山頂坐深深海底行如閨閤中物捨不得便爲滲漉予欲書此言於紳朕幾不忘也凡諸方妙語昔人有未喻者予輒爲釋之録之於左凡十二章大觀二年二月十三日書

佛說法有一女人忽來問訊使於佛前入定文殊師利近前彈指出此女人定不得又托升梵天亦出不得佛曰假使百千文殊亦出此女人定不得下方有網明菩薩能出此定須臾網明便至問訊佛了去女

人前彈指一聲女人便從定而起頻濱老曰有心要出此女人定雖是文殊親托往梵天也出不得無心要出此女人定一彈指便了

僧問老宿師子捉兎亦全其力捉象亦全其力未審全箇什麽力老宿曰不欺之力頻濱老曰師子捉兎時亦全用一箇師子力捉象時亦全用一箇師子力不爲兎小象大而有差別若有差別則物有大於象者師子捉不得矣普菴斷取三千大千世界置右掌中如拈針鋒舉一囊葉即此理也

僧舉教云文殊忽起佛見法見被佛攝向二鐵圍山

五雲曰如今若有人起佛見法見我與點兩椀茶且
道賞伊罰伊同教意不同教意頼濵老曰攝伺鐵圍
山令矢起見知非與他茶喫令他識本來處與教意
異而不異你福僧到地藏地藏和尚問彼中佛法云
何曰你福有時示衆道塞却你眼教你覷不見塞却
你耳教你聽不聞坐却你意教你分別不得地藏曰
吾問你不塞你眼見箇什麼不塞你耳聞箇什麼不
坐你意作麼生分別或人問此二尊宿意爲同爲不
同頼濵老曰六根爲物所塞爲物所坐則不見自性
不聞自性不能分別自性若不爲物所塞不爲物所

坐則可以聞見自性分別自性矣老子曰視之不見名曰夷聽之不聞名曰希搏之不得名曰微是三者不可致詰故復混而爲一一則性也凡老子之言與佛同者類如此

鄧隱峯在馬師會下一日推土車馬師展脚路上坐峯曰請師收足馬曰已展不收峯曰已進不退推車直進碾損馬師脚馬歸去堂執斧子曰碾損老僧脚底出來峯出引頸於前馬師乃置斧子頌老白馬師展脚不收執斧而問二者皆以試驗隱峯臨機見解士耳車進退於事初無損益而直推不顧此隱峯

狂直之病也若執斧問之而縮頸畏避則十分凡夫無足取矣猶能引頸而竢則猶可取也故其終也不坐不立倒立而逝雖去來自在而狂病猶未痊也

南泉欲遊莊舍土地神先報莊主莊主乃預爲備泉至問曰安知老僧來排辦如此莊主曰昨夜土地神相報泉曰王老師修行無力被鬼神覰見有僧便問旣是善知識因何被鬼神覰見泉曰上地前更下一分飯

潁濱者曰昔大耳三藏自謂得它心通忠國師見而問之曰老僧心在何處大耳曰在西川看競渡忠再問心在何處大耳曰在天津橋看弄胡孫及三

問大耳良久莫知去處忠叱之曰這野狐精它心通
在什麼處仰山聞而釋之曰前兩度是涉境心故爲
大耳所見後是自受用三昧故大耳不能見今南泉
欲遊莊舍而土地知之亦見其涉境心耳本無足怪
者南泉自謂修行無力亦姑云爾僧因其言而詰之
非識理者也答之以土地前更下一分飯蓋言前從
皆涉境心耳
仰山嘗謂第一坐曰不思善不思惡正恁麼時作麼
生對曰正恁麼時是某甲放身命處仰山曰何不問
老僧曰恁麼時不見有和尚仰山曰扶吾教不起或

曰不思善不思惡此六祖所謂本來面目而仰山少之何也頼濵老曰在周易有之無思也無爲也寂然不動感而遂通天下之故非天下之至神其孰能與於此無思無爲者其體也感而遂通天下之故者其用也得其體未得其用故仰山以爲未足耳長沙岑和尚嘗遣僧問同參會老曰和尚見南泉後如何會默然僧曰未見南泉時如何會曰不可更別有也僧回以告岑有偈曰百尺竿頭坐底試一云人雖然得入未爲真百尺竿頭須進步十方世界是全身盖亦責其用耳

香嚴閑師嘗謂衆曰如人在千尺懸崖口銜樹枝脚無所踏手無所攀忽有人問西來意若開口答即喪身失命若不答又違問者如何耶是衆無對頻濱老曰我若當此時便大開口答他西來意不管喪身失命管別有道理也

玄妙備頭陀謂衆曰諸方老宿盡道接物利生只好盲聾瘂三種病人汝作麼生接拈法豎拂他且不見共他說話他且不開口復瘂若接不得佛法安在時雖有答者備皆不肯穎濱老曰三種病人只用諸方拈搥豎拂說話等伎倆撥他眞是奈何他不得如諸

佛菩薩修行功到虎狼虵蝎崖石草木無物透不得而况三種病人乎玄沙之意儻在是耳非一時老宿境界故未有能道者耳

德謙禪師嘗到雙巖巖長老問金剛經云一切諸佛皆從此經出且道此經是何人說師曰說與不說且置和尚喚什麼作此經雙巖無對師曰一切聖賢皆以無爲法而有差別既以無爲法爲極則人安有差別且如差別是過不是過若是一過切聖賢盡有過若不是過決定喚什麼做差別雙巖亦無語穎濵老曰佛本無經此經者此心也佛惟無心故萬法由之

而出若猶有心一法且不能出而況萬法乎四果十地皆賢聖也其所得法各有淺深然皆非無心則不能得故曰一切聖賢皆以無為法而有差別如扁之斲輪傴僂之承蜩皆非無心無以致其功其以無致功則與聖賢同而其功之大小則與賢聖異賢聖之有差別蓋無可疑者也（經所謂以無為法者謂以無而為法耳非謂有无為之法也然自六祖以來皆讀作无為之法蓋僧家拙於文義耳）

杭州報恩院惠明禪師庵居人梅山有二禪客至師曰上坐離什麼處來曰都城師曰上坐離都城至此山則都城少上坐此山剩上坐剩則心外有法少則

心法不周說得道理即住不會卽去二客不能對又
有朋彥上坐訪師師問一人發真歸源十方虛空一
時消隕今天台嶷然如何得消隕去朋彥亦無措顇
濆老曰佛身充滿於法界普現一切羣生前此理也
一人發真歸源十方虛空一時消隕亦理也二理無
可疑者人能達此理則去來之想盡山河之礙滅真
性朗然物莫能隔此所以爲充滿法與消隕虛空矣
達者聞而信之昧者疑之則天台嶷然在前未嘗滅
矣

杭州永明寺道潛禪師嘗訪淨惠禪師會四衆士女

入院淨惠曰律中隔壁聞釵釧聲即爲破戒見畧金銀合沓朱紫駢闐是破戒不是破戒師曰好箇入路淨惠稱善賴濱老曰隔壁聞釵釧聲而欲心動安得不謂破戒金銀合沓朱紫駢闐而心不起安得謂之破戒

欒城第三集卷第九

欒城第三集卷第十

遺老齋記

庚辰之冬予蒙恩歸自南荒客於潁川思歸而不能諸子憂之曰父母老矣而居室未完吾儕之責也則相與卜築五年而有成其南脩竹古栢蕭然如野人之家乃闢其四楹如明窻曲楹爲燕居之齋齋成求所以名之予曰予潁濱遺老也盍以遺老名之汝曹志之予幼從事於詩書凡世人之所能茫然不知也年二十有三朝廷方求直言有以予應詔者予采道路之言論宫掖之祕自謂必以此獲罪而有司果以

爲不遜上獨不許曰吾以直言求士士以直言告我今而黜之天下其謂我何宰相不得已寘之下第自是流落凡二十餘年及宣后臨朝擢爲右司諫凡有所言多聽納者不五年而與聞國政盖予之遭遇者再皆古人所希有然其閒與世俗相從事之不如意者十常六七雖號爲得志而實不然予聞之樂莫善於如意憂莫慘於不如意今子退居一室之閒杜門却掃不與物接心之所可未嘗不行心所不可未嘗不止行止未嘗少不如意則予平生之樂未有善於今日者也汝曹志之學道而求寡過如予今日之處

遺老齋可也

藏書室記

予幼師事先君，聽其言，觀其行事，今老矣，猶志其一二。先君平居不治生業，有田一廛，無衣食之憂，有書數千卷，手緝而校之，以遺子孫，曰：讀是，內以治身，外以治人，足矣。此孔氏之遺法也。先君之遺言今猶在耳，其遺書在櫝，將復以遺諸子，有能受而行之，吾世其庶矣乎。蓋孔氏之所以教人者，始於洒掃應對進退，及其安之，然後申之以弦歌，廣之以讀書，曰道在是矣。仁者見之斯以為仁，智者見之斯以為智矣。顏閔由是以得其德予賜由是以得其言求冉由是以得其政游夏由是以得其文皆因其才而成之譬如農夫鋤田以植草木小大長短甘辛鹹苦皆其性也吾無加損焉能養而不傷耳孔子曰十室之邑必有忠信如丘者焉不如丘之好學也如孔子猶養之以學而後成故古之知道者必由學學者必由讀書傳說之詔其君亦曰學于古訓乃有獲念終始典于學厥德修罔覺而况餘人乎子路之於孔氏有兼人之才而不安於學嘗謂孔子有民人社稷何必讀書然後爲學孔子非之曰汝聞六言六蔽矣乎好仁不好

學其蔽也愚好智不好學其蔽也蕩好信不好學其
蔽也賊好直不好學其蔽也絞好勇不好學其蔽也
亂好剛不好學其蔽也狂凡學而不讀書者皆子路
也信其所好而不知古人之成敗與所遇之可否未
有不爲病者雖然孔子嘗語子貢矣曰賜也汝以予
爲多學而識之者歟曰然非歟曰非也予一以貫之
一以貫之非多學之所能致則子路之不讀書未可
非耶曰非此之謂也老子曰爲學日益爲道日損以
日益之學求日損之道而後一以貫之者可得而見
也孟子論學道之要曰必有事焉而勿正心勿忘勿

助長也心勿忘則莫如學必有事則莫如讀書朝夕從事於詩書待其久而自得則勿忘勿助之謂也譬之稼穡以爲無益而捨之則不耘苗者也助之長則揠苗者也以孔孟之説考之乃得先君之遺意

待月軒記

昔予遊廬山見隱者焉爲予言性命之理曰性猶日也身猶月也予疑而詰之則曰人始有性而已性之所寓身爲天始有日而已日之所寓爲月日出於東方其出也萬物頼焉有目者以視有手者以執有足者以履至於山石草木亦非日不遂及其入也天下

顯然無物不廢然日則未始有變也惟其所寓則有
盈闕一盈一闕者月也惟性亦然出生入死出而生
者未嘗增也入而死者未嘗耗也性一而已惟其所
寓則有生死一生一死者身也雖有生死然而此生
彼未嘗息也身與月皆然古之治術者知之故日出
於卯謂之命月之所在謂之身日入地中雖未嘗變
而不爲世用復出於東然後物無不覩非命而何月
不自明由日以爲明以日之遠近爲月之盈闕非身
而何此術也而合於道世之治術者知其説不知其
所以説也予與其言而志之久矣葉室於斯闢其東

南爲小軒之前廓然無障幾與天際每月之望開戶以須月之至月入吾軒則吾坐於軒上與之徘徊而不去一夕舉酒延客道隱者之語客漫不喻曰吾嘗治術矣初不聞是說也予爲之反復其理客稍悟曰唯唯因志其言于壁

墳院記

旌善廣福禪院者先公文安府君贈司徒墳側精舍也先公既壯而力學晚而以德行文學名於世夫人程氏追封蜀國太夫人生而志節不羣好讀書通古今知其治亂得失之故有二子長曰軾季則轍也方

其少時先公先夫人皆曰吾嘗有志兹世今老矣二
子其尚成吾忠乎轍兄弟雖少而仕亦流落不偶年
幾五十乃始得遷朝兄氣剛寡合已入復出轍碌碌
無能輕重五年而至尚書右丞與聞國政以故事得
於墳側建刹度僧以薦先福墳之東南四里許有故
伽藍陵阜相拱揖松竹深茂相傳唐中和中任氏兄
弟所捨也轍以請於朝政賜今榜時元祐六年也既
三年兄弟皆以罪廢南遷海上又六年蒙恩北歸兄
至毗陵以病没轍中止潁川不能歸又五年前執政
以黜去者皆奪墳上刹又二年上哀矜舊臣手詔復

還界之墳之西南十餘步有泉焉廣深不及尋晝夜瀵湧清冽而甘冬不涸夏不溢自轍南遷而水日耗至奪利遂竭父老來告轍惕焉疑獲譴於幽明徬徨不知所爲而手詔適至泉亦滃然而復山中人皆曰詔書乃與天通耶轍聞之遡闕而拜以膺上賜久之乃爲之記使世世子孫知茲利廢興所自以無忘朝廷之德政和二年壬辰九月乙卯朔六日庚申中奉大夫護軍欒城縣開國伯賜紫金魚袋蘇轍記

欒城第三集卷第十

右欒城先生家集校閩蜀本篇目間
有增損從郡齋紬繹其故盖復官謝
表後所附益章疏藳有所削也於政
事書條例司狀見公入朝之始揆事
中遠如漢賈誼議河流邊事茶役法
分別君子小人之黨反復利害深入
骨髓竊比之陸宣公贊歌詩千數百
篇曾無幾微見用舍廢興之異晚歲

杜門頼川喜秋稼句曰我願人心似天意愛惜老弱憐孤貧仁民愛物可謂中心藏之何日忘之矣伏讀欽祗請事斯語淳熙六年七月望日從政郎充筠州州學教授鄧光謹書

太師文定欒城公集刋行于時者如
建安本頗多鈌謬其在麻沙者尤甚
蜀本舛亦不免是以覧者病之今以
家藏舊本前後并第三集合為八十
四卷皆曾祖自編類者謹與同官及
小兒輩校讎數過鋟版於筠之公帑
云旹淳熈己亥中元日曾孫朝奉大
夫權知筠州軍州事詡謹書

校勘官

文林郎筠州軍事判官倪　思

從政郎充筠州州學教授鄧　光

奉議郎知筠州高安縣事閭丘　沫

先文定公欒城集先君吏部淳熙己
亥守筠陽日以遺藁校定命工刊之
未幾被召到闕除郎因對
孝宗皇帝玉音問曰子由之文平淡
而深造於理欒城集天下無善本朕
欲刊之先君奏曰臣假守筠陽日以
家藏及閩蜀本三玫是正鏤板公帑
字畫差太粗亦可觀容臣進呈對畢

得旨速進来翌朝上詣德壽宮起居
升輦之際宣諭左右催進後聞丞相
魯國正公丞相鄭國梁公云上置諸
御案上日閲五板森無所肖似濫承
人乏到官之初重念先君所刊家集
遺際乙夜之覽實為榮遇其板以歳
久字畫悉皆漫滅殆不可讀今樽節
浮費廼一新之昔文忠文定二祖筠

實舊游之地邦人建祠祀之又況先
君嘗守是邦遺愛在人此集之再刊
亦從邦人之請也開禧丁卯上元日
四世孫朝奉郎權知筠州軍州事蘇
森謹書

欒城集後序

欒城集暨欒城後集三集凡八十四卷宋

蘇文定公潁濵先生所著我

皇明

蜀王殿下所刻也巡撫臺東阜劉公監察侍

御合川王公胥有論撰弁之首簡金輝玉

潤光映縹緗廷槐睹而嘆曰嗟乎可以傳

矣夫文章與世運相爲流通者也六籍以

還作者相繼春秋戰國先秦兩漢魏晉齊
梁之間屈宋班馬荀楊董賈曹劉沈謝嵇
阮之徒下逮盛唐李杜韓柳諸公郁郁彬
彬號稱極盛雖其體裁風格律調音響抑
揚變化言人人殊要之發舒道德之光闡
明鬼神之秘窮探天地之變左右典墳羽
翼風雅則異世而同符焉嗚呼至矣宋興
文教炳蔚詞人輩出嘉祐以後眉山三蘇

名擅天下而一代文宗歐陽文忠公輩極
力爲之延譽一時學士大夫聞談三蘇氏
罔弗歛衽敬服盖當世之絶倡也乃文定
公以沉静簡潔之資席家庭師友之訓平
生著作與東坡相上下而氣克才贍自成
巳格議者謂爲汪洋澹泊有秀傑之氣窕
其所至盖巳闖李杜韓栁之門窺古人堂
室之奥矣乃其時有稱述之曰蘇黄曰歐

蘇曰歐曾蘇云云然者類指東坡而東坡
自謂則云予實勝我豈其兄弟自相標榜
耶抑當時之人以其父兄之故而軋之使
後耶今天下之士崇治理者嘉唐虞敦行
誼者師周孔鴻名偉績後先相望至其發
軔之始文藝之塲無弗躡李杜韓柳歐蘇
而進焉則斯集之刻也固天下之士所願
見者乃歷宋至今幾數百載而全編始出

又得博雅諸公崇尚而表章之謂非斯集
斯文之大幸與廷棞不敏不足與論古今
作者之意乃幸游公之鄉與聞刻集事而
又猥以不腆之辭附諸群王之後故不嶄
摭拾如右因長史高君鵬爲
王誦焉若
王樂善好禮崇古右文賢明之懿太宰玉溪
公校録之勞通政石川公翊贊之力暨我

東皐公合川公屬
王刻集之故則前序見之兹弗敢贅也
嘉靖辛丑夏六月朔四川按察司提督水
利帶管提學僉事膠東崔廷槐書

欒城應詔集十二卷

四部叢刊集部

上海涵芬樓景印
景宋寫本原書葉
心高營造尺六寸
寬四寸五分

欒城應詔集目錄

漢

三國

晋

七代

隋

第三卷

進論五首

唐

五代

周公

史官助賞罰

省試論一首

刑賞忠厚之至

第十二卷

御試制科策一道

欒城應詔集目錄終

欒城應詔集第一卷

進論五首

夏論

聖人之道苟可以安於天下不求夫爲異也堯舜傳之賢而禹傳之子天下以爲禹無聖人而傳之而後授之其子孫也夫聖人之於天下不從其所安而爲之而求異夫天下之人何其用心之淺邪昔者湯有伊尹武王有周公而周公文王之子武王之弟也湯之太甲武之成王皆可以爲天下而湯不以與其臣武王不以與其弟誠以爲其子之才不至於亂天下

者則無事乎授之他人而以爲異也而天下之人何獨疑夫禹哉今夫人之愛其子是天下之通義也有得焉而思以與其子孫人情之所皆然也聖人以是爲不可易故從而聽之使之父子相繼而無相亂以至於堯堯舉其天下而授之舜舜得堯之天下而又授之禹舉天下而授之人此聖人之所以大過人而天下後世之所不能也天下後世之所不能而聖人獨爲之豈以爲異哉夫天下之人不能皆賢而有異人焉爲異而震之則天下皆將喜其名而失其眞故夫堯舜之傳賢者是不得已而然也使堯之丹朱舜

之商均僅可以守天下而堯肯傳之舜而舜肯傳之
禹以爲異而疑天下哉然則禹之不以天下授益非
以益爲不足授也使天下復有禹而愚知禹不以天
下授之矣何者啓足以爲天下故也啓爲天下而益
爲之佐是益不失爲伊尹周公而其功猶可以及天
下也蓋聖人之不喜異也如此昔者嘗聞之魯人之
法贖人者受金於府子貢贖人而不受賞夫子嘆曰
嗟夫使魯之不復贖人者賜也夫贖人而不以爲功
此君子之所以異於衆人者而其弊乃至於不贖是
故聖人不喜爲異以其有時而窮也閔子終三年之

喪見於夫子援琴而歌戚戚而不樂子夏取琴而鼓之其樂衎衎然作而曰先王制禮不敢不及也而夫子皆以爲賢由此觀之聖人之行豈求勝夫天下之人哉亦有所守而已矣

商論

商之有天下者三十世而周之世三十有七商之既衰而復興者五王而周之既衰而復興者宣王一人而已蓋商之多賢君宜若其世之過於周而反不如周之賢君不如商之多而其久於商者乃數百歲也此二者所以使天下之人疑焉而不知其故也蓋常

以爲周公之治天下務爲文章繁縟之禮以和柔馴
擾天下剛强之民故其道本於尊尊而親親貴老而
慈幼使民之父子相愛而兄弟相悅以無犯上難制
之氣行其至柔之道以揉天下之戾心而去其剛毅
勇果之政故其享天下至久而諸侯内侵京師不振
卒於廢爲至弱之國何者優柔和易之道可以爲久
而不可以爲强也若夫商人所以爲天下者不可復
見矣竊常求之於詩書之間見夫詩之寛緩而和柔
書之委曲而繁重者舉皆周也而商人之詩駿發而
嚴厲其書簡潔而明肅以爲商人之風俗蓋在乎此

矣夫惟天下之有剛强不屈之俗也故其后世有以自振於衰微然至於其敗也一散而不可復止故夫物之强者易以折而柔忍者可以久存柔者可以久存而常困於不勝强者易以折而其末也乃可以有所立且此非聖人之罪也物莫不有所短方其盛也長用而短伏及其衰也長伏而短見夫聖人惟能就其所長而用之也是故當其盛時天下惟其長之知而不知其短之所在及其后世用之不當其長日以消亡而短日出故夫能久者常不能强能以自奮者常不能久此商之所以不長而周之所以不振也嗚

呼聖人之慮天下亦有所就而已蓋不能使之無弊也使之能久而不能强能以自奮而不能以及遠此二者存乎其后世之賢與不賢也故太公封於齊尊賢而尚功周公曰后世必有簒奪之臣周公治魯親親而尊尊太公曰后世寢衰矣夫尊賢尚功則近於强親親尊尊則近於弱終之齊有田氏之禍而魯人困於盟主之令蓋商之政近於齊而周公之所以治周者其所以治魯也故齊强而魯弱魯未亡而齊亡也

傳曰：夏之政尚忠，商之政尚質，周之政尚文。而仲尼亦云：周監於二代，郁郁乎文哉！吾從周。愚讀詩書，歷觀唐虞至於商周，蓋嘗以爲自生民以來，天下未嘗一日而不趨於文也。文之爲言猶曰萬物各得其理云爾。父子君臣之間，兄弟夫婦之際，此文之所由起也。昔者生民之初，父子無義，君臣無禮，兄弟不相愛，夫婦不相保，天下紛然而淆亂，忿鬬而相苦，文理不著，而人倫不明，生不相養，死不相葬，天下之人舉皆戚然有所不寧於其心，然後反而求其所安，屬其父子而列其君臣，聯其兄弟而正其夫婦，至於虞夏之

世乃益去其鄙野之制然猶以天子之尊而飯土塯
啜土鉶土堦三尺茆茨而不剪至於周而後大備其
粗始於父子之際而其精布於天下其用甚廣而無
窮蓋其當時莫不自以爲文於前世而其後之人乃
更以爲質也是故祭祀之禮陳其籩豆列其鼎俎備
其醪醴俯伏以薦思其飲食醉飽之樂而不可見也
於是灌用鬱鬯藉用白茅既沃而莫之見以爲神之
縮之也體魄降於地魂氣升於天恍忽誕謾而不知
其所由處聲音氣臭之類恐不能得當也於是終祭
於屋漏繹祭於祊以爲人子之心無所不至也薦之

以滋味重之以膾炙恐鬼神之不屑也薦之以血毛重之以豐薦恐父祖之不吾安也於是先黍稷而後稻粱先太羹而後庶羞以爲不敢忘禮亦不敢忘愛也丁寧反覆優游而不忍去以爲可以盡人子之心而人子之心亦可以少安矣故凡世之所謂文者皆所以安夫人之所不安而人之所安者事之所當然也仲尼區區於衰周之末收先王之遺文而與曾子推論禮之所難處至於毫釐纖悉之際蓋以爲王道之盛其文理當極於此焉耳及周之亡天下大壞强凌弱衆暴寡而後世乃以爲用文之弊夫自唐虞以

至於商漸而入於文至於周而文極於天下當唐虞夏商之世蓋將求周之文而其勢有所未至非有所謂質與忠也自周而下天下習於文非文則無以安天下之所不足此其勢然也今夫冠婚喪葬而不爲之禮墓祭而不廟室祭而無所仁人君子有所不安於其中而曰不文以從唐虞夏商之質夫唐虞夏商之質蓋將以求周之文而未至者非所以爲法也

六國論

愚讀六國世家竊怪天下之諸侯以五倍之地十倍之衆發憤西向以攻山西千里之秦而不免於滅亡

常爲之深思遠慮以爲必有可以自安之計蓋未嘗不咎其當時之士慮患之疎而見利之淺且不知天下之勢也夫秦之所與諸侯爭天下者不在齊楚燕趙也而在韓魏秦之有韓魏譬如人之有腹心之疾也韓魏塞秦之衝而蔽山東之諸侯故夫天下之所重者莫如韓魏也昔者范雎用於秦而收韓商鞅用於秦而收魏昭王未得韓魏之心而出兵以攻齊之剛壽而范雎以爲憂然則秦之所忌者可以見矣秦之用兵於燕趙秦之危事也越韓過魏而攻人之國都燕趙拒之於前而韓魏乘之於後此危道也而秦

之攻燕趙未嘗有韓魏之憂則韓魏之附秦故也夫韓魏諸侯之障而使秦人得出入於其間此豈知天下之勢邪委區區之韓魏以當强虎狼之秦彼安得不折而入於秦哉韓魏折而入於秦然後秦人得通其兵於東諸侯而使天下遍受其禍夫韓魏不能獨當秦而天下之諸侯藉之以蔽其西故莫如厚韓親魏以擯秦秦人不敢逾韓魏以窺齊楚燕趙之國而齊楚燕趙之國因得以自安於其間矣以四無事之國佐當寇之韓魏使韓魏無東顧之憂而爲天下出身以當秦兵以二國委秦而四國休息於内以陰助

其急若此可以應夫無窮彼秦者將何爲哉不知出此而乃貪疆埸尺寸之利背盟敗約以自相屠滅秦兵未出而天下諸侯已自困矣至使秦人得間其隙以取其國可不悲哉

秦論

秦人居諸侯之地而有萬乘之志優辱六國斬伐天下不數十年之間而得志於海内至其後世再傳而遂亡劉季起於匹夫斬艾豪傑蹷秦誅楚以有天下而其傳子孫數十世而不絶蓋秦漢之事其所以起者不同而其所以取之者無以相遠也然劉項奮臂

於閭閻之中率天下蜂起之兵西嚮以攻秦無一成
之聚一夫之衆驅罷弊適戍之人以求所非望得之
則生失之則死以匹夫而圖天下其勢不得不疾戰
以趨利是以冒萬死求一生而不顧今秦擁千里之
地而棄累世之業雖閉關而守之畜威養兵拊循士
民而諸侯誰敢謀秦觀天下之釁而後出兵以乘其
弊天下夫誰敢抗而惠文武昭之君乃以萬乘之資
而用匹夫所以圖天下之勢疾戰而不顧其後此宜
其能以取天下而亦能以亡之也夫劉項之勢天下
皆非吾有起於草莽之中因亂而爭之故雖馳天下

之人以爭一旦之命而民猶有待於戡定以息肩於此故以疾戰定天下天下既安而下無背叛之志若夫六國之際諸侯各有分地而秦乃欲以力征彊服四海不愛先王之遺黎第爲子孫之謀而竭其力以爭隣國之利六國雖滅而秦民之心已散矣故秦之所以謀天下者匹夫特起之勢而非所以承祖宗之業以求其不失者也昔者嘗聞之周人之興數百年而後至於文武文武之際三分天下而有其二然商之諸侯猶有所未服紂之衆未可以不擊而自解也故以文武之賢退而脩德以待其自潰誠以爲后稷

公劉太王王季勤勞不懈而後能至於此故其發之不可輕而用之有時迨嗟夫秦人舉累世之資一用而不復惜其先王之澤已竭於取天下而尚欲求以爲國亦已惑矣

欒城應詔集第一卷終

欒城應詔集第二卷

進論五首

漢論

古之聖人制爲君臣之分天子以其一身立乎天下之上安受天下之奉己而不辭天下之人奇才壯士爭出其力自盡於天子之下而無所逃遁此二者何爲如此也天下之事固其賢者爲之也仁人君子盡其心以制天下之事而無所不成武夫猛士竭其力以剪天下之暴亂而無所不定此其類非不智且勇也然而不得其君則其心常緦緦然曠四海而不能

以自安功成事立缺然反顧而莫之能受是以天下之賢才其才雖足以取之而常喜天下之有賢君者利其有以受之也蓋古之人君收天下之英雄而不失其心故天下皆爭歸之而英雄之士因其君之資以用力於天下功成求得而不敢爲背叛之操故上下相守而可以至於無窮惟其君臣相戾而不能以相用君以爲無事乎其臣臣以爲無事乎其君君無所用以至於天下之不親臣無以用之以至於悍悍而無所底麗而天下始大亂矣且彼不知夫天下之意也天下之人皆人臣也而誰能以相從惟其因天

子之權而用之是以雖其比肩之人而莫敢抗彼見天下之莫吾抗也則以爲天下之畏我而不知己之戴君之威而行也故或狃天下之畏己而反以求去其君其君旣去而天下之人孰畏而不爲變哉昔者西漢之衰王莽竊取其人君之權而執之以求取其天下方其執之而未取也天下不知其將取之是以俛首而奉其所爲何者天下之心猶以爲漢役之也至於天下在莽而其英雄之士遂起而共攻之不數年而莽以大敗何者天下不服無漢之王莽也其後東漢之亂獻帝奔走於草莽之中曹操出之以爲帝

王當是之時天下已無漢矣而唯曹氏之爲聽然天
下之英雄猶以爲名皆起而爭之終曹公之身而不
能以自安猶幸其當時之人皆知漢之天下已去而
操收之也是以心服曹氏而安爲之臣故孔子曰天
下有道禮樂征伐自天子出天下無道禮樂征伐自
諸侯出自諸侯出蓋十世希不失矣自大夫出五世
希不失矣陪臣執國命三世希不失矣蓋天下之位
居下而干其上之政者以爲己之享其利也而不知
天下之爭心皆將囂然而不平是以其素所服者愈
狹則其失之也愈速何則其不平者衆也故曰禄之

去公室五世矣政在大夫四世矣而三桓之子孫微矣嗚呼公室既微則三桓之子孫天下之所謂宜盛者也而終以衰弱而不振則夫君臣之分可知也已

三國論

天下皆怯而獨勇則勇者勝皆闇而獨智則智者勝勇而遇勇則勇者不足恃也智而遇智則智者不足用也夫惟智勇之不足以定天下是以天下之難蜂起而難平蓋嘗聞之古者英雄之君其遇智勇也以不智不勇而後眞智大勇乃可得而見也悲夫世之英雄其處於世亦有幸不幸邪漢高祖唐太宗是以

智勇獨過天下而得之者也曹公孫劉是以智勇相遇而失之者也以智攻智以勇擊勇此譬如兩虎相捽齒牙氣力無以相勝其勢足以相擾而不足以相斃當此之時惜乎無有以漢高帝之事制之者也昔者項籍乘百戰百勝之威而執諸侯之柄咄嗟叱咤奮其暴怒西向以逆高祖其勢飄忽震蕩如風雨之至天下之人以爲遂無漢矣然高帝以其不智不勇之身橫塞其衝徘徊而不進其頑冒椎魯足以爲笑於天下而卒能摧折項氏而待其死此其故何也夫人之勇力用而不已則必有所耗竭而其智慮久而

無成則亦必有所倦怠而不舉彼欲就其所長以制
我於一時而我閉而拒之使之失其所求逡巡求去
而不能去而項籍固已敗矣今夫曹公孫權劉備此
三人者皆知以其才相取而未知以不才取人也世
之言者曰孫不如曹而劉不如孫劉備惟智短而勇
不足故有所不若於二人者而不知因其所不足以
求勝則亦已惑矣蓋劉備之才近似於高祖而不知
所以用之之術昔高祖之所以自用其才者其道有
三焉耳先據勢勝之地以示天下之形廣收信越出
奇之將以自輔其所不逮有果鋭剛猛之氣而不用

以深折項籍猖狂之勢此三事者三國之君其才皆無有能行之者獨有一劉備近之而未至其中猶有翹然自喜之心欲爲椎魯而不能純欲爲果銳而不能達二者交戰於中而未有所定是故所爲而不成所欲而不遂棄天下而入巴蜀則非地也用諸葛孔明治國之才而當紛紜戰伐之衝則非將也不忍忿忿之心犯其所短而自將以攻人則是其氣不足尚也嗟夫方其奔走於二袁之間困於呂布而狼狽於荆州百敗而其志不折不可謂無高帝之風矣而終不知所以自用之方夫古之英雄唯漢高帝爲不可及

也夫

晋論

御天下有道休之以安動之以勞使之安居而能勤逸處而能憂其君子周旋揖讓不失其節而能耕田射馭以自致其力平居習爲勉强而去其惰慠厲精而日堅勤勞而日彊冠冕佩玉之人而不憚執天下之大勞夫是以天下之事舉皆無足爲者而天下之匹夫亦無以求勝其上何者天下之亂蓋嘗起於上之所憚而不敢爲天下之小人知其上之有所憚而不敢爲則有以乘其間而致其上之所難夫其上之

所難者豈非死傷戰鬬之患匹夫之所輕而士大夫之所不忍以其身試之者邪彼以死傷戰鬬之事邀我而我不能應則無怪乎天下之至於亂也故夫君子之於天下不見其所畏求使其所畏之不見是故事有所不辭而勞苦有所不憚昔者晉室之敗非天下之無君子也其君子皆有好善之心高談揖讓泊然沖虛而無慷慨感激之操大言無當不適於用而畏兵革之事天下之英雄知其所忌而竊乘之是以顛沛隕越而不能以自存且夫劉聰石勒王敦祖約此其姦詐雄武亦一世之豪也譬如山林之人生於

草木之間大風烈日之所咻而霜雪饑饉之所勞苦
其筋力骨節之所嘗試者亦已至矣而使王衍王導
之倫清談而當其衝此譬如千金之家居於高堂之
上食肉飲酒不習寒暑之勞而欲以之捍禦山林之
勇夫而求其成功此固姦雄之所樂攻而無難者也
是以雖有賢人君子之才而無益於世雖有盡忠致
命之意而不救於患難此其病起於自處太高而不
習天下之辱事故富而不能勞貴而不能治蓋古之
君子其治天下爲其甚勞而不失其高食其甚美而
不棄其糲使匹夫小人不知所以用其勇而其上不

失爲君子至於後世爲其甚勞而不知以自復而爲秦之殭食其甚美而無以自實而爲晉之敗夫甚勞者固非所以爲安而甚美者亦非所以自固此其所以喪天下之故也哉

七代論

英雄之士能因天下之勢而遂成之天下之勢未有可以必成者也而英雄之士常因其隙而出於其間堅忍而不變是以天下之勢遂成而不可解自晉以下天下何其紛紛也殭者不能以相吞而蒻者不能以相服其德不足以相君臣而其兵不足以相吞滅

天下大亂離而爲南北北又離而爲東西其君臣又自相篡取而爲七代至於隋而後合而爲一蓋其間百有餘年之中其賢君名臣累累而出者不爲少矣然而南不能渡河以有北之民而北不能過江以侵南之地豈其百年之間南無間之足乘而北無隙之可入哉蓋亦其勢之有所不可者也七代之際天下嘗有變矣宋取之晉齊取之宋梁取之齊陳取之梁而周齊取之後魏此五釁者兵交而不解内亂而無救其間非小也而其四鄰拱手遠望而莫敢入蓋其取之者誠有以待之而不可以乘其倉卒也嗟夫北

方之人其力不足以并南而南方之勢又固不可以爭衡於中國則七代之際天下將不可合邪嘗試論之姚泓宋武之際天下將合之際也姚興既死而秦地大亂武帝舉江南之兵長驅以攻秦兵不勞而關中定此天下之一時也及夫劉穆之死關中未安席不及煖兵不及息而奔走以防江南之亂留孺子孱將以抗四方獷悍之虜則天下之勢已遂去矣且此唯不能因天下之勢而遂成之也則夫天下之勢亦隨去之而已矣且夫孫權曹操之事足以見矣曹操之不能過江以攻孫權力有所未足也而孫權終莫

肯求逞於中國蓋其志將以僥倖乎北方之大亂然後奮而乘其弊而非以爲其地之足以抗衡於中原也嗟夫使武帝旣入關因而居之以鎮撫其人民南漕江淮之資西引巴漢之粟而內因關中之盛厲兵秣馬以問四方之罪戾當此之時天下可以指麾而遂定矣而何江南之足以蔕芥夫吾心哉然而其事則不可以不察也其心將有所取乎晉而恐夫人之反之於南是以其心憂懼顚倒而不見天下之勢孔子曰無欲速無見小利欲速則不達見小利則大事不成故夫有可以取天下之勢而不顧以求移其君

而遂失之者宋武之罪也

隋論

人之於物聽其自附而信其自去則人重而物輕人重而物輕則物之附人也堅物之所以去人分裂四出而不可禁者物重而人輕也古之聖人其取天下非其驅而來之也其守天下非其劫而留之也使天下自附不得已而爲之長吾不役天下之利而天下自至夫是以去就之權在君而不在民是之謂人重而物輕且夫吾之於人已求而得之則不若使之求我而後從之已守而固之則不若使之不忍去我而

後與之故夫智者或可與取天下矣而不可與守天
下守天下則必有大度者也何者非有大度之人則
常恐天下之去我而以術留天下以術留天下而天
下始去之矣昔者三代之君享國長遠後世莫能及
然而亡國之暴未有如秦隋之速二世而亡者也秦
隋之亡其弊果安在哉自周失其政諸侯用事而秦
獨得山西之地不過千里韓魏壓其衝楚脅其肩燕
趙伺其北而齊掉其東秦人被甲持兵七世而不得
解寸攘尺取至始皇然後合而爲一秦見其取天下
若此其難也而以爲不急持之則後世且復割裂以

爲敵國是以銷名城殺豪傑鑄鋒鏑以絕天下之望其所以備慮而固守之者甚密如此然而海內愁苦無聊莫有不忍去之意是以陳勝項籍因民之不服長呼起兵而山澤皆應由此觀之豈非其重失天下而防之太過之弊歟今夫隋文之世其亦見天下之久不定而重失其定也蓋自東晉以來劉聰石勒慕容苻堅姚興赫連之徒紛紛而起者不可勝數至於元氏幷吞滅取畧已盡矣而南方未服元氏自分而爲周齊周幷齊而授之隋隋文取梁滅陳而後天下爲一彼亦見天下之久不定也是以全得天下之衆

而恐其失之享天下之樂而懼其不久立於萬民之
上而常有猜防不安之心以爲舉世之人皆有曩者
英雄割據之懷制爲嚴法峻令以杜天下之變謀臣
舊將誅滅畧盡而獨死於楊素之手以及於大故終
於煬帝之際天下大亂塗地而莫之救由此觀之則
夫隋之所以亡者無以異於秦也悲夫古之聖人脩
德以來天下天下之所爲去就者莫不在我故其視
失天下甚輕夫惟視失天下甚輕是故其心舒緩而
其爲政也寬寬者生於無憂而㦒急者生於無聊耳
昔嘗聞之周之興太王避狄於岐豳之人民扶老攜

幼而歸之岐山之下累累而不絶喪失其舊國而卒以大興及觀秦隋唯不忍失之而至於亾然後知聖人之爲是寬緩不速之行者乃其所以深取天下者也

欒城應詔集第二卷終

欒城應詔集第三卷

進論五首

唐論

天下之變常伏於其所偏重而不舉之處故内重則爲内憂外重則爲外患古者聚兵京師外無彊臣天下之事皆制於内當此之時謂之内重内重之弊姦臣内擅而外無所忌匹夫横行於四海而莫之能禁其亂不起於左右之大臣則生於山林小民之英雄故夫天下之重不可使專在内也古者諸侯大國或數百里兵足以戰食足以守而其權足以生殺然後

能使四夷盜賊之患不至於內天子之大臣有所畏忌而內患不作當此之時謂之外重外重之弊諸侯擁兵而內無以制由此觀之則天下之重固不可使在外而亦不可使在內也自周之衰齊晉秦楚綏地千里內不勝於其外以至於滅亡而不救秦人患其外之已重而至於此也於是收天下之兵而聚之關中夷滅其城池殺戮其豪傑使天下之命皆制於天子然至於二世之時陳勝吳廣大呼起兵而郡縣之吏熟視而走無敢誰何趙高擅權於內頤指如意雖李斯爲相備五刑而死於道路其子李由守三川擁

山河之固而不敢捘也此二患者皆始於外之不足
而無有以制之也至於漢興懲秦孤立之弊乃大封
侯王而高帝之世反者九起其遺孽餘烈至於文景
而爲淮南濟北吳楚之亂於是武帝分裂諸侯以懲
大國之禍而其後百年之間王莽遂得以奮其志於
天下而劉氏子孫無復齟齬魏晉之世乃益侵削諸
侯四方微弱不復爲亂而朝廷之權臣山林之匹夫
常爲天下之大患此數君者其所以制其内外輕重
之際皆有以自取其亂而莫之或知也夫天下之重
在内則爲内憂在外則爲外患而秦漢之間不求其

勢之本末而更相懲戒以就一偏之利故其禍循環無窮而不可解也且夫天子之於天下非如婦人孺子之愛其所有也得天下而謹守之不忍以分於人此匹夫之所謂智也而不知其無成者未始不自不分始故夫聖人將有所大定於天下非外之有權臣不足以鎮之也而後世之君乃欲去其爪牙剪其股肱而責其成功亦已過矣愚嘗以爲天下之勢內無重則無以威外之彊臣外無重則無以服內之大臣而絕姦民之心此二者其勢相持而後成而不可一輕者也昔唐太宗既平天下分四方之地盡以沿邊

爲節度府而范陽朔方之軍皆帶甲十萬上足以制
夷狄之難下足以備匹夫之亂内足以禁大臣之變
而其將卒之臣常不至於叛者内有重兵之勢以預
制之也正觀之際天下之兵八百餘府而在關中者
五百舉天下之衆而後能當關中之半然朝廷之臣
亦不至於乘間釁以邀大利者外有節度之權以破
其心也故外之節度有周之諸侯外重之勢而易置
從命得其擇其賢不肖之才是以人君無征伐之勞
而天下無世臣暴虐之患内之府兵有秦之關中内
重之勢而左右謹飭莫敢爲不義之行是以上無逼

奪之危而下無誅絶之禍蓋周之諸侯內無府兵之威故陷於逆亂而不能以自止秦之關中外無節度之援故脅於大臣而不能以自立有周秦之利而無周秦之害形格勢禁內之不敢爲變而外之不敢爲亂未有如唐制之得者也而天下之士不究利害之本末猥以成敗之遺蹤而論計之得失徒見開元之後彊兵之將皆爲天下之大患而遂以太宗之制爲猖狂不審之計夫論天下論其勝敗之形以定其法制之得失則不若窮其所由勝敗之處蓋天寶之際府兵四出萃於范陽而德宗之世禁兵皆戍趙魏是

以祿山朱泚得至於京師而莫之能禁一亂塗地終於昭宗而天下卒無寧歲内之彊臣雖有輔國元振守澄士良之徒而卒不能制唐之命誅王涯殺賈餗自以爲威振四方然劉從諫爲之一言而震慴自斂不敢復肆其後崔昌遐倚朱溫之兵以誅宦官去天下之監軍而無一人敢與抗者由此觀之唐之衰其弊在於外重而外重之弊起於府兵之在外非所謂制之失而後世之不用也

五代論

昔者商周之興始於稷卨而至於湯武凡數百年之

間而後得志於天下其成功甚難而享天下之利至緩也然桀紂既滅收天下朝諸侯自處於天子之尊而下無不服之志誅一匹夫而天下遂定蓋其用力亦甚易而無勞也至於秦漢之際其英雄豪傑之士逐天下之利唯恐不及而開天下之釁惟恐其後之也奮臂於大澤而天下之士雲合響應轉戰終日而辟地千里其取天下若此其無難也然天下已定君臣之分既明分裂海內以王諸將將以傳之無窮百世而不變而數歲之間功臣大國反者如蝟毛而起是何其取之之易而守之之難也若夫五代干戈之

際其事雖不足道然觀其帝王起於匹夫鞭笞海內
戰勝攻取而自梁以來不及百年天下五禪遠者不
過數十年其智慮曾不足以及其後世此亦甚可怪
也蓋嘗聞之梁之亡其父子兄弟自相屠滅唐用其
民而天下叛周之亾適遭聖人之興而不能以自立
此二者君子之所不疑於其間也而後唐之莊宗明
宗與晉漢之高祖皆以英武特異之姿據天下太半
之地及其子孫材力智勇亦皆有以過人者然終以
敗亂而不可解此其勢必有以自取之也蓋唐漢之
亂始於功臣而晉之亂始於戎狄皆其以易取天下

之過也莊宗之亂晉高祖以兵趨夷門而後天下定於明宗後唐之亡匈奴破張達之兵而後天下定於晉匈奴之禍周高祖發南征之議而後天下定於漢故唐滅於晉晉亂於匈奴而漢亾於周蓋功臣負其創業之勲而匈奴恃其驅除之勞以要天子聽之則不可以久安而誅之則足以召天下之亂動一功臣天下遂並起而軋之矣故唐奪晉高祖之權而亾晉絕匈奴之和親而滅漢誅陽郊史肇而周人不服以及於禍彼其初無功臣無匈奴則不與而功臣匈奴卒起而滅之故古之聖人有可以取天下之資而不

用有可以乘天下之勢而不顧撫循其民以待天下
之自至此非以爲苟仁而已矣誠以爲天下之不可
以易取也欲求天下而求之於易故凡事之可以就
天下者無所不爲也無所不爲而就天下天下旣安
而不之改則非長久之計也改之而不顧此必有以
忤天下之心者矣昔者晉獻公旣没公子重耳在翟
里克殺奚齊卓子而召重耳重耳不敢入秦伯使公
子絷往弔且告以晉國之亂將有所立於公子重耳
再拜而辭亦不敢當也至於夷吾聞召而起以汾陽
之田百萬命里克以負蔡之田七十萬命丕鄭而奉

秦以河外列城五及其既入而背内外之賂殺里克
丕鄭而發兵以絶秦秦兵敗身虜不復其國而後文公
徐起而收之大臣援之於内而秦楚推之於外既反
而霸於諸侯唯其不求入而人入之無賂於内外而
其勢可以自入此所以反國而無後憂也其後劉季
起於豐沛之間從天下武勇之士入關以誅暴秦降
子嬰當此之時功冠諸侯其勢遂可以至於帝王此
皆沛公之所自爲而諸將不與也然至追項籍於固
陵兵敗而諸將不至乃捐數千里之地以與韓信彭
越而此兩人卒負其功背叛而不可制故夫取天下

不可以僥倖於一時之利僥倖於一時之利則必將有百歲不已之患此所謂不及遠也

周公論

伊尹既立大甲不明而放諸桐天下不以爲不義武王既没成王幼周公攝天子之位朝諸侯於明堂而召公不説管叔蔡叔咸叛天下幾至於不救二者此其故何也大甲既立矣而不足以治天下則夫伊尹猶有以辭於後世也蓋周公之事其迹無以異於伊尹然天下之人舉皆疑而不信此無足怪也何者天下未知夫成王之不明而周公攝則是周公未有以

服天下之心而彊攝焉以爲之上也且夫伊尹之攝其事則有所不得已而然爾大甲雖廢而伊尹未敢有所復立以召天下之亂故寧以己攝焉而待夫大甲之悔是以天下無疑乎其心今夫周公之際其勢未至於不得已也使成王拱手以居天下之上而周公爲之佐以成王之名號於天下而輔之以周公此所謂其勢之未至於不得已者矣而周公不居則夫天下之謗周公之所自取也然愚以爲不然挾天子以令天下此諸葛孔明之事耳而周公豈不足以知之蓋夫人臣惟無執天子之權人臣而執天子之權

則必有忠於其心而後可以自免於難何者人臣而
用天子之事此天子之所忌也以一人之身上爲天
子之所忌而下爲左右之大臣從而媒孽其短此古
之忠臣所以盡心而不免於禍而世之奸雄之士所
以動其無君之心而不顧者也使成王用事於天下
而周公制其予奪之柄則愚恐成王有所不平於其
心而管蔡之徒乘其隙而間之以至於亂也使成王
有天子之虛名而不得制天下之政則愚恐周公有
所不忍於其志赧然其有不安之心也是以寧取而
攝之使成王無與乎其間以破天下讒慝之謀而絕

其爭權之心是以其後雖有管蔡之憂而天下不搖使其當時立於羣臣之間方其危疑擾攘而未決也則愚恐周公之禍非居東之所能免而管蔡得志於天下成王將遂不立也嗚呼其思之遠哉

老聃論上

善與人言者因其人之言而爲之言則天下之爲辯者服矣與其里人言而曰吾父以爲不然則誰肯信以爲爾父之是是故不若與之論其曲直雖楚人可以與秦人言之而無害故夫天下之所爲多言以排夫異端而終以不明者唯不務其是非利害而以父

屈人也夫聖人之所爲尊於天下爲其知夫理之所
在也而周公仲尼之所爲信於天下以其弟子而知
之也故非其弟子則天下有不知周公之爲周公而
仲尼之爲仲尼者矣是故老聃莊周其爲説不可以
周孔辯也何者彼且以爲周孔之不足信也夫聖人
之於言譬如規矩之於方圓爾天下之人信規矩之
於方圓而以規矩辯天下之不方不圓則不若求其
至方極圓以陰合於規矩使規而有不圓矩而有不
方則亦無害於吾説若此則其勢易以折天下之異
論昔者天下之士其論老聃莊周與夫佛之道者皆

未嘗得其要也老聃之說曰去仁義絕禮樂而後天
下安而吾之說曰仁義禮樂天下之所待以治安者
佛之說曰棄父絕子不爲夫婦放雞豚食菜茹而後
萬物遂而吾之說曰父子夫婦食雞豚以遂萬物之
性夫彼且以其說而吾亦以吾說彼之不吾信如吾
之不彼信也蓋天下之不從莫急於未信而彊劫之
故夫仁以安人而行之以義節之以禮而播之以樂
守之以君臣而維之以父子兄弟食肉而飲酒此明
於孔子者之所知也而欲以諭其所不知之人而曰
孔子則然嗟夫難哉愚則不然曰天下之道唯其辯

之而無窮攻之而無間辯之而有窮攻之而有間則是不足以爲道果孔子而有窮也亦將舍而他之惟其無窮是以知其爲道而無疑蓋天下有能平其心而觀焉而不牽夫仲尼老聃之名而後可與語此也

老聃論下

天下之道惟其辯之而無窮攻之而無間辯之而有窮攻之而有間則是不足以爲道昔者六國之際處士橫議以熒惑天下楊氏爲我而墨氏兼愛凡天下之有以君臣父子之親而不相顧者舉皆歸於楊子而道路之人皆可以爲父兄子弟者舉皆歸於墨子

也夫天下之人不可以絶其相屬之親而合其無故
之歡此其勢然矣故老聃莊周知夫天下之不從也
而起而承之以爲兼愛爲我之不足以收天下是以
不爲爲我不爲兼愛而處乎兼愛爲我之際此其意
以爲不兼愛則天下議其無親不爲我則天下譏其
爲人故兩無所適處而泛泛焉浮游其間而我皆無
所與以爲是足以自免而逃天下之是非矣夫天下
之人惟是其所是而非其所非是以其說可得而考
其終今夫老莊無所是非而其終歸於無有此其思
之亦已詳矣楊氏之爲我墨氏之兼愛此其爲道莫

不有所執也故爲我者爲兼愛之所詆而兼愛者爲
爲我之所毁是二者其地皆不可居也然而得其間
而固守之則可以杜天下之異端而絶其口蓋古之
聖人惟其得而居之是以天下大服而其道遂傳於
後世今老聃莊周不得由其大道而見其隙竊入於
其間而執其機是以其論縱横堅固而不可破也且
夫天下之事安可以一説治也彼二子者欲一之以
兼愛斷之以爲我故其説有時焉而遂窮夫惟聖人
能處於其間而制其當然兼愛爲我亦莫棄也而能
用之以無失乎道處天下之紛紜而不失其當故曰

伯夷叔齊不降其志不辱其身而柳下惠少連降志而辱身言中倫行中慮虞仲夷逸隱居放言身中清廢中權我則異於是無可無不可夫無可無不可此老聃莊周之所以爲辯也而仲尼亦云則夫老聃莊周其思之不可以爲不深矣蓋嘗聞之聖人之道處於可不可之際而遂從而實之是以其說萬變而不可窮老聃莊周從而虛之是以其說汗漫而不可詰今將以求夫仲尼老聃之是非者惟能知虛實之可用與否而已矣蓋天下固有物也有物而物相遭則固亦有事矣是故聖人從其有而制其御有之道以

治其有實之事則天下夫亦何一事之不可爲而區
區焉平其有以納之於無則其用力不已甚勞矣哉夫
老聃莊周則亦嘗自知其窮矣夫其窮者何也不若
從其有而有之之爲易也故曰常無欲以觀其妙而
又曰常有欲以觀其徼既曰無之以爲用而又曰有
之以爲利而至於佛者則亦曰斷滅而又曰無斷無
滅夫既曰無矣而又恐無之反以爲窮既曰斷滅矣
而又恐斷滅之適以爲累則夫其情可以見矣仲尼
有言曰君子之中庸也君子而時中小人之中庸也
小人而無忌憚也夫老聃莊周其亦近於中庸而無

忌憚者哉

欒城應詔集第三卷終

欒城應詔集第四卷

進論五首

禮論

昔者商周之際何其爲禮之易也其在宗廟朝廷之中籩豆簠簋牛羊酒醴之薦交於堂上而天子諸侯大夫卿士周旋揖讓獻酬百拜樂作於下而禮行於上雍容和穆終日而不亂夫古之人何其知禮而行之不勞也當此之時天下之人惟其習慣而無疑衣服器皿冠冕佩玉皆其所常用也是以其人入於其間耳目聰明而手足無所忤其身安於禮之曲折而

其心不亂以能深思禮樂之意故其廉恥退讓之心盎然見於其面而坌然發於其躬夫是以能使天下觀其行事而忘其暴戾鄙野之氣至於後世風俗變易更數千年以至於今天下之事已大異矣然天下之人尚皆記錄三代禮樂之名詳其節目而習其俯仰冠古之冠服古之服而御古之器皿傴僂拳曲勞苦於宗廟朝廷之中區區而莫得其紀交錯紛亂而不中節此無足怪也其所用者非其素所習也而彊使焉甚矣夫後世之好古也昔者上古之世蓋常有巢居穴處汙樽坏飲燔黍捭豚蕢桴土鼓而以爲是

足以養生送死而無以加之者矣及其後世聖人以
爲不足大利於天下是故易之以宮室新之以籩豆
鼎俎之器以濟天下之所不足而盡去太古之法惟
其祭祀以交於鬼神乃始薦其血毛豚解而腥之體
解而爓之以爲是不忘本而非以爲後世之禮不足
用也是以退而體其犬豕牛羊實其簠簋籩豆鉶羹
以極今世之美未聞其牽於上古之說選懦而不決
也且方今之人佩玉服韍冕而垂旒拱手而不知所
爲而天下之人亦且見而笑之是何所復望於其有
以感發天下之心哉且又有所大不安者宗廟之祭

聖人所以追求先祖之神靈庶幾得而享之以安䘏孝子之志者也是以思其平生起居飲食之際而設其器用薦其酒食皆從其生以冀其來而安之而後世宗廟之祭皆用三代之器則是先祖終莫得而安也蓋三代之時席地而食是以其器用各因其所便而爲之高下大小之制今世之禮坐於牀而食於牀上是以其器不得不有所變雖正使三代之聖人生於今而用之亦將以爲便安故夫三代之視上古猶今之視三代也三代之器不可復用矣而其制禮之意尚可依倣以爲法也宗廟之祭薦之以血毛重之

以體薦有以存古之遺風矣而其餘者可以易三代之器而用今世之所便以從鬼神之所安惟其春秋社稷釋奠釋菜凡所以享古之鬼神者則皆從其器蓋周人之祭蜡與田祖也吹葦籥擊土鼓此亦各從其所安焉耳嗟夫天下之禮宏闊而難言自非聖人而何以處此惟其推之而不明講之而不詳則遂以爲不可蓋其近於正而易行庶幾天下之安而從之是固不可易也

易論

易者卜筮之書也挾策布卦以分陰陽而明吉凶此

日者之事而非聖人之道聖人之道存乎其爻之辭
而不在其數數非聖人之所盡心也然易始於八卦
而至於六十四此其爲書未離乎用數也而世之人
皆耻言易之數或者言而不得其要紛紜迂闊而不
可解此高論之士所以耻而不言歟夫易本於卜筮
而聖人潤言於其間以盡天下之人情使其爲數紛
亂而不可考則聖人豈肎以其有用之言託之無
用之數哉今夫易之所謂九六者老陰老陽之數也
九爲老陽而七爲少陽六爲老陰而八爲少陰此四
數者天下莫知其所爲如此者也或者以爲陽之數

極於九而其次極於七故七爲少而九爲老至於老
陰苟以爲以極者而言也則老陰當十而少陰當八
今少陰八而老陰反當其下之六則又爲之說曰陰
不可以有加於陽故抑而處之於下使陰果不可以
有加於陽也而曷不曰老陰八而少陰六且夫陰陽
之數此天地之所爲也而聖人豈得與於其間而制
其予奪哉此其尤不可者也夫陰陽之有老少此未
嘗見於他書也而見於易易之所以或爲老或爲少
者爲夫揲蓍之故也故夫説者宜於其揲蓍焉而求
之揲蓍之法曰掛一歸奇三揲之餘而以四數之得

九而以爲老陽得八而以爲少陰得七而以爲少陽
得六而以爲老陰然而陰陽之所以爲老少者不在
乎七八九六也七八九六徒以爲識焉耳老者陰陽
之純也少者陰陽之雜而不純者也陽數皆奇而陰
數皆偶故乾以一爲之爻而坤以二天下之物以少
爲主故乾之子皆二陰而坤之女皆二陽老陰老陽
者乾坤是也少陰少陽者乾坤之子是也揲蓍者其
一揲也少者五而多者九其二其三少者四而多者
八多少者奇偶之象也一爻而三揲譬如一卦而三
爻也陰陽之老少於卦見之於爻而於爻見之於揲

使其果有取於七八九六則夫此三揲者區區焉分其少多而各爲之處果何以爲也今夫三揲而皆少此無以異於乾之三爻而皆奇也三揲而皆多此無以異於坤之三爻而皆偶也三揲而少者一此無以異於震坎艮之一奇而二偶也三揲而多者一此無以異於巽離兌之一偶而二奇也若夫七八九六此乃取以爲識而非其義之所在不可彊以爲說也

書論

愚讀史記商君列傳觀其改法定令變更秦國之風俗誅秦民之議令者以數千人黥太子之師劓太子

之傳而後法令大行蓋未嘗不壯其勇而有決也曰
嗟夫世俗之不可與慮始而可與樂終使天下之人
各陳其所知而守其所學以議天子之事則事將有
格而不得成者然及觀三代之書至其將有以矯拂
世俗之際則其所以告諭天下者常丁寧激切亹亹
而不倦務使天下盡知其君之心而又從而折其不
服之意使天下皆信以爲如此而後從事其言回曲
究轉譬如平人自相議論而詰其是非者愚始讀而
疑之以爲近於濡滯迂遠而無決然其使天下樂從
而無黽勉不得已之意其事既發而無紛紜異同之

論此則王者之意也故常以爲當堯舜之時其君臣相得之心歡樂而無間相與吁俞嗟歎唯諾於朝廷之中不啻若朋友之親雖其有所相是非論辯以求曲直之當亦無足怪者及至湯武征伐之際周旋反覆自述其用兵之意以明曉天下此又其勢然也惟其天下既安君民之勢闊遠而不同天子有所欲爲而其匹夫匹婦私有異論於天下以齟齬其上之畫策令之而莫肯聽當此之時形驅而勢脅之天下夫誰敢不聽從而其上之人優游而徐譬之使之信之而後從此非王者之心誰能處而待之而不倦歟蓋

盤庚之遷天下皆咨嗟而不悦盤庚爲之稱其先王
盛德明聖而猶五遷以至於今今不承於古恐天之
斷棄汝命不救汝死旣又恐其不從也則又曰汝罔
暨余同心我先后將降汝罪疾乃祖先父亦將告我
高后曰作大戮於朕孫蓋其所以開其不悟之心而
諭之以其所以當然者如此其詳也若夫商君則不
然以爲要使汝獲其利而何䘏乎吾之所爲故無所
求於衆人之論而亦無以告諭於天下然其事亦終
於有成是以後世之論以爲三代之治柔懦而不決
然此乃王霸之所以爲異者也夫三代之君惟不忍

鄙其民而欺之故天下有故而其議及於百姓以觀其意之所向及其不可聽則又反覆而諭之以窮極其說而服其不然之心是以其民親而愛之嗚呼此王霸之所爲不同也哉

詩論

自仲尼之亡六經之道遂散而不可解蓋其患在於責其義之太深而求其法之太切夫六經之道惟其近於人情是以久傳而不廢而世之迂學乃皆曲爲之說雖其義之不至於此者必彊牽合以爲如此故其論委曲而莫通也夫聖人之爲經惟其於禮春秋

然後無一言之虛而莫不可考然猶未嘗不近於人情至於書出於一時言語之間而易之文爲卜筮而作故時亦有所不可前定之說此其於法度已不如禮春秋之嚴矣而況乎詩者天下之人匹夫匹婦羈臣賤隸悲憂愉佚之所爲作也夫天下之人自傷其貧賤困苦之憂而自述其豐美盛大之樂其言上及於君臣父子天下興亡治亂之迹而下及於飲食牀笫昆蟲草木之類蓋其中無所不具而尚何以繩墨法度區區而求諸其間哉此亦足以見其志之不通矣夫聖人之於詩以爲其終要入於仁義而不責其

一言之無當是以其意可觀而其言可通也今詩之
傳曰隱其雷在南山之陽出自北門憂心殷殷揚之
水白石鑿鑿終朝采綠不盈一掬瞻彼洛矣維水泱
泱若此者皆興也而至於關關雎鳩在河之洲南有
樛葛藟纍之南有喬木不可休息維鵲有巢惟鳩
居之喓喓草蟲趯趯阜螽若此者又皆興也其意以
爲興者有所取象乎天下之物以自見其事故凡詩
之爲此事而作而其言有及於是物者則必彊爲是
物之說以求合其事蓋其爲學亦以勞矣且彼不知
夫詩之體固有比也而皆合之以爲興夫興之爲體

猶曰其意云爾意有所觸乎當時時已去而不可知故其類可以意推而不可以言解也隱其靁曰隱其靁在南山之陽此非有所取乎靁也蓋必其當時之所見而有動乎其意故後之人不可以求得其說此其所以爲興也若夫關關雎鳩在河之洲是誠有取於其摯而有别是以謂之比而非興也嗟夫天下之人欲觀於詩其必先知夫興之不可以與比同而無彊爲之說以求合其作時之事則夫詩之義庶幾乎可以意曉而無勞矣

春秋論

事有以拂乎吾心則吾言忿然而不平有以順適乎
吾意則吾言優柔而不怒天下之人其喜怒哀樂之
情可以一言而知也喜之言豈可以爲怒之言邪此
天下之人皆能辨之而至於聖人其言丁寧反覆布
於方冊者甚多而其喜怒好惡之所在者又甚明而
易知也然天下之人常患求而莫得其意之所主此
其故何也天下之人以爲聖人之文章非復天下之
言也而求之太過求之太過是以聖人之言更爲深
遠而不可曉且夫天下何不以己推之也將以喜夫
其人而加之以怒之之言則天下且以爲病狂而聖

人豈有以異乎人哉不知其好惡之情而不求其言之喜怒是所謂大惑也昔者仲尼刪詩於衰周之末上自商周之盛王至於幽厲失道之際而下訖於陳靈自詩人以來至於仲尼之世蓋已數百餘年矣愚嘗怪大雅小雅之詩當幽厲之時而稱道文武成康之盛德及其終篇又不見幽厲之暴虐此誰知其爲幽厲之詩而非文武成康之詩者蓋察於辭氣有幽憂不樂之意是以系之幽厲而無疑也若夫春秋二百四十二年之間天下之是非雜然而觸乎其心見惡而怒見善而喜則夫是非之際又可以求諸其言

之喜怒之間矣今夫人之於事有喜而言之者有怒而言之者有怨而言之者喜而言之則其言和而無傷怒而言之則其言厲而不溫怨而言之則其言深而不誠此其大凡也春秋之於仲孫湫之來曰齊仲孫來於季友之歸曰季子來歸此所謂喜之之言也於魯鄭之易田曰鄭伯以璧假許田於晉文之召王曰天王狩於河陽此所謂怒之之言也於叔牙之殺曰公子牙卒於慶父之奔曰公子慶父如齊此所謂怨之之言也夫喜之而和怒之而厲怨之而深此三者無以加矣至於公羊穀梁之傳則不然日月土地

皆所以爲訓也夫日月之不知土地之不詳何足以
爲喜而何足以爲怒此喜怒之所不在也春秋書曰
戎伐凡伯於楚丘而以爲衛伐凡伯春秋書曰齊仲
孫來而以爲吾仲孫怒而至於變人之國此又喜怒
之所不及也愚故曰春秋者亦人之言而已而人之
言亦觀其辭氣之所嚮而已矣

欒城應詔集第四卷終

欒城應詔集第五卷

進論五首

燕趙論

昔者三代之法使天下立學校而教民行鄉射飲酒之禮於歲之終田事既畢而會其鄉黨之耆老設其籩豆酒食之薦而天子之大夫親爲之行禮灋以爲田野之民裸裎其股肱而勞苦其筋力長幼襍作以趨一時之利習於鄙野之俗而不知孝悌之節頑冒無恥不可告語而易與爲亂是以因其休息而教之以禮使之有所不忘於其心故三代之民離耕田荷

任之賤其所有爲者甚鄙而其中必有所守其心其朴而亦不至於無知以犯非義何者其上之人不以爲鄙而不足敎而其民亦喜於爲善也至於後世之衰天下之民愚者不知君臣父子之美而天下之風俗日已敗亂今夫輕揚而剽悍好利而多變者吳楚之俗也勁勇而沈靖椎鈍而少文者燕趙之俗也以輕揚剽悍之人而有好利多變之心無三代王者之化空其趣而爲亂矣若夫北方燕趙之國其勁勇沈靖者可以義動而其椎魯少文者可以信結也然而燕趙之間其民常至於自負其勇以爲盜賊無以異

於吳楚者何也其勁勇近於好亂而其椎鈍近於無
知上失其道而燕趙之良民不復見於當世而其暴
戾之夫每每亂天子之治仲尼曰君子好勇而無義
則爲亂小人好勇而無義則爲盜故古之聖人止亂
以義止盜以義使天下之人皆知父子君臣之義而
誰與爲亂哉昔者唐室之衰燕趙之人八十年之間
百戰以奉賊臣竭力致死不顧敗亡以抗天子之兵
而以爲忠臣義士之所當然當此之時燕趙之士唯
無義也故舉其忠誠專一之心而用之天下之至逆
以拒天下之至順而不知其非也孟子曰無常產而

有常心者唯士爲能若夫民無常産因無常心苟無常心放僻邪侈無不爲已故夫燕趙之地常苦夫士大夫之寡也

蜀論

匹夫匹婦天下之所易也武夫任俠天下之所畏也天下之人知夫至剛之不可屈而不知夫至柔之不可犯也是以天下之亂常至於漸深而莫之能止蓋其所畏者愈驕而不可制而其所易者不得志而思以爲亂也秦晉之勇蜀漢之怯怯者重犯禁而勇者輕爲姦天下之所知也當戰國之時秦晉之兵彎弓

而帶劒馳騁上下咄嗟叱咤蜀漢之士所不能當也然而天下既安秦晉之間豪民殺人以報讐椎埋發冢以快其意而終不敢爲大變也蜀人畏吏奉法俯首聽命而其匹夫小人意有所不適輒起而從亂此其故何也觀其平居無事盜入其室懼傷而不敢校此非有好亂難制之氣也然其槩常至於大亂而不可救則亦優柔不決之俗有以啟之耳今夫秦晉之民倜儻而無所顧負力而傲其吏吏有不善而不能以有容也叫號紛呶奔走告訴以爭豪釐曲直之際而其甚者至有懷刃以賊其長吏以極其忿怒之節

如是而已矣故夫秦晉之俗有一朝不測之怒而無
終身慼慼不報之怨也若夫蜀人辱之而不能競犯
之而不能報循循而無言忍詬而不驟發也至於其
心有所不可復忍然後聚而爲群盗散而爲大亂以
發其憤憾不洩之氣雖有秦晉之勇而其爲亂也志
近而禍淺蜀人之怯而其爲變也怨深而禍大此其
勇怯之勢必至於此而無足怪也是以天下之民惟
無怨於其心怨而得償以快其怒則其爲毒也猶可
以少解惟其鬱鬱而無所洩則其爲志也遠而其毒
深故必有大亂以發其怒而後息古者君子之治天

下彊者有所不憚而弱者有所不侮蓋爲是也書曰無虐惸獨而畏高明詩曰不侮鰥寡不畏彊禦此言天下之匹夫匹婦其力不足以與敵而其智不足以與辯勝之不足以爲武而徒使之怨以爲亂故也嗟夫安得斯人者而與之論天下哉

北狄論

北狄之人其性譬如禽獸便於射獵而習於馳騁生於斥鹵之地長於霜雪之野飲水食肉風雨飢渴之所不能困上下山坂觔力百倍輕死而樂戰故常以勇勝中國然至於其所以擁護親戚休養生息畜牛

馬長子孫安居佚樂而欲保其首領者蓋無以異於華人也而中國之士常憚其勇畏避而不敢犯氊裘之民亦以此恐惕中國而奪之利此當今之所謂大患也昔者漢武之世匈奴絶和親攻當路塞天下震恐其後二十年之間漢兵深入不憚死亾捐命絶幕之北以決勝負而匈奴孕重墮壞人畜疲弊不敢言戰何者勇士壯馬非中國之所無有而窮追遠逐雖匈奴之衆亦終有所不安也故夫敵國之盛非隣國之所深憂也要在養兵休士而集其勇氣使之不懾而已方今天下之勢中國之民優游緩帶不識兵革

之劳驕奢怠惰勇氣消耗而戎狄之賂又以百萬爲
計轉輸天下甘言厚禮以滿其不足之意使天下之
士耳熟所聞目習所見以爲生民之命寄於其手故
俯首柔服莫敢抗拒凡中國勇健豪壯之氣索然無
復存者矣夫戰勝之民勇氣百倍敗兵之卒没世不
復蓋所以戰者氣也所以不戰者氣之畜也戰而後
守者氣之餘也古之不戰者養其氣而不傷今之士
不戰而氣已盡矣此天下之所大憂者也昔者六國
之際秦人出兵於山東小戰則殺將大戰則割地兵
之所至天下震慄然諸侯猶帥其罷散之兵合從以

擊秦砥礪戰士激發其氣長平之敗趙卒死者四十萬人廉頗收合餘燼北摧栗腹西抗秦兵振刷磨淬不自屈服故其民觀其上之所爲日進而不挫皆自奮怒以爭死敵其後秦人圍趙邯鄲梁王使將軍新垣衍如趙欲遂帝秦而魯仲連慷慨發憤深以爲不可蓋夫天下之士所爲奮不顧身以抗彊虎狼之秦者爲非其君也而使諸侯從而帝之天下尚誰能出身以拒其君哉故魯仲連非徒惜夫帝秦之虛名而惜夫天下之勢有所不可也今尊奉夷狄無知之人交歡納幣以爲兄弟之國奉之如驕子不敢一觸其

意此適足以壞天下義士之氣而畏夷狄豪横之勢耳今誠養威而自重卓然特立不聽夷狄之妄求以爲民望而全吾中國之氣如此數十年之間天下摧折之志復壯而北 之勇非吾之所當畏也

西戎論

戎狄之俗畏服大種而輕中國戎强則臣狄狄强則臣戎戎狄皆弱而後中國可得而臣戎狄皆强而後侵略之患不至於中國蓋一强而一弱中國之患也彼其弱者不敢獨戰是以爭附强國之餘威以趨利於中國而後無所懼强者并將弱國之兵蕩然南下

而無復反顧之憂然後乃敢專力於中國而不去此
二者以勢相從而不可間是以中國之士常不得解
甲而息也昔者冒頓老上之盛惟西戎之無強國也
故匈奴之人得以盡力而苦吾中國使西戎有武力
戰勝之君則中國之禍將有所分而不專何者彼畏
西戎之乘其後也故北狄強則中國不得不厚西戎
之君而西戎之君亦將自託於中國然而西戎非有
強力自負之國則其勢亦將折而入於匈奴惟其國
大而好勇其君之意欲區區自立於一隅而不畏北
狄之衆而後中國可得而用也然天下之人皆以爲

北方有強悍不屈之匈奴而又重之以西戎之大國則中國將不勝其困此何其不思之甚也夫戎狄之人惟其愚陋而多怨是故可與共憂也惟其強狠而好勝是故可以激而壯也使之自相攻擊而不能相下則其勢必走於中國中國因而收之而其不服者乃可圖也然天下之議又將以爲戎狄之俗不喜自相攻鬬而喜擊中國之衆此其勢固不可得而合也蓋亦以爲不然夫四夷之所以喜攻中國者爲夫吾兵之不能苦戰而金玉錦繡之所交會也今使吾兵精而食足據險阻明烽燧吏士練習而不敢懈彼雖

壯騎無所施設則其利不在於攻中國堅坐而相守不出十年彼外無所掠虜將不忍而熱中將反而求以相詬以爲起兵之名彼兵交於匈奴而怨結於中國則何以自固故中國舉而收之必將得其歡心然天下之心常畏其强而莫或收之而使爲北狄之用此何其不識戎狄之情也

西南夷論

古者九夷八蠻無大君長紛紛籍籍不相統制惟北狄之種常爲大國以抗中夏然蠻夷之俗種姓分別千人爲部百家爲黨見利則聚輕合易散族類不一

其心終莫相愛故其兵利於疾戰而不利於遲久北狄之人縣地千里控弦百萬侯王君長通爲一家人畜富庶蔓延山谷之間其心常有所愛重而不忍去故其兵利於遲久而不利於疾戰此二者其大小之勢各有所便宜乎中國之所以待之者各有道也今夫北狄之人伏於陰山之下養兵休士久居而不戰此其志豈嘗須臾忘中國也然其心以爲戰而勝人猶不若不戰而屈人之兵戰而不勝民之死者未可知也故常大言虛喝而不進以謀弊中國蓋其所愛者愈大故其謀之愈深而發之愈緩以求其不失也

若夫西戎南蠻西南夷之民悉其衆庶尚不能當狄人之半而其酋豪每每爲亂不能自禁此誠無愛於其心而僥倖於一戰以用其烏合之衆而已故夫蠻夷之人擾邊求利其中非有大志者其類皆可以謀來也愚嘗觀於西南徼外以臨蠻夷之衆求其所以爲變之始而遂至於攻城郭殺人民縱横放肆而不可救者其積之莫不有漸也夫蠻夷之民寧絶而不之通今邊鄙之上利其貨財而納之於市使邊民凌侮欺謾而奪其利長吏又以爲擾民而不之禁窮恚無聊莫可告訴故其勢必至於解讎結盟攻剽蹂踐

殘之於鋒鏑之間而後其志得伸也嗟夫爲吏如此亦見其不知本矣通關市戢吏民待之如中國之人彼尚誰所激怒而爲此哉然事不患乎不知而患乎人之不能用昔班超處西域數十年西破龜兹北伏匈奴及將東歸或以爲必有奇謀乃就問其計然其言止曰察見淵中魚不祥屯戍之士皆非忠臣孝子不可盡繩以法當是時莫不皆笑以爲不足用然及西域之亂終亦以此故夫謀非必奇而後可用而在乎當否而已古者四夷皆置校尉而益州有蠻夷騎都尉以治其事使其強者不能內侵而蒻者不爲中

國之所侮蓋爲是也

欒城應詔集第五卷終

欒城應詔集第六卷

進策五道

君術

第一道

臣聞天下之事非宰相不可盡行非諫官不可盡言天下之人誰能必至於諫官宰相者惟其少而學之長而欲行之終其身而不當其位不可以侵官而求盡其意是故士大夫之間猶有不能自盡其才於天子者也今臣幸而生於天下無事之時每一間歲天子常詔兩制之大臣使舉天下之士上自登朝之吏

而下至於山林之匹夫咸得竭其所懷以盡天下之
利害非天子出納耳目之官而得以言萬民之情僞
非天子黜陟賞罰之臣而得以論百官之長短非天
子武力將帥之士而得以議兵革之彊弱非天子錢
穀大農之吏而得以權財用之多少蓋天下之人必
其爲宰相諫官而後可以盡行而盡言者使之一旦
得以詳數而悉説之此有以見天子之意所以待之
者甚重而不輕也而臣何敢以無説而處於此臣常
以爲天下之事雖其甚大而難辦者天下必有能辦
之人蓋當今之所爲大患者不過曰四夷彊盛而兵

華不振百姓凋弊而官吏不飭重賦厚斂而用度不
足嚴法峻刑而姦軌不止此數四者所以使天子坐
不安席中夜太息而不寐者也然臣皆以爲不足憂
何者天下必有能爲天子出力而爲之者而臣之所
憂在乎天下之所不能如之何者也臣聞善治天下
者必明於天下之情而後得御天下之術術者所謂
道也得其道而以智加焉是故謂之術古之聖人惟
其知天下之情而以術制之也萬物皆可得而役其
生皆可得而制其死牛服於箱馬服於轅鷹隼服於
鞲牛不可以有所觸馬不可以有所踶鷹隼不可以

背而高翔此三者惟其喜怒好惡之情發於外而見於人也是以因其所急而授之以其術至於終身制於人而不去且治天下何異於治馬也馬之性剛很而難制急之則奰而不勝緩之則惰而不趨王良造父爲之先後而制其遲速驅之有方而掣之有時則終日驟驟而不知止此術之至也古之聖人驅天下之人而盡用之仁者使効其仁勇者使効其勇智者使効其智力者使効其力天下之人雖襍然皆列於前安得仁人君子而後任之且雖有天下之善人與之處而不知其情御之而不中其病則雖有好善之

心而不獲好善之利何者彼不徒爲吾用也而況乎
天下之英雄欲收其功而不制其心哉昔者秦漢之
際姦宄猛悍之人所在而爲寇高祖發於豐沛之間
行而收之黥布彭越之倫皆撫而納諸其中所以制
之者甚備也玉帛子女牛羊犬馬以極其豪侈之心
輕財好施敦厚長者以服其趦趄之懷倨肆傲岸輕
侮凌辱以折其强很之氣其視天下之英雄不啻若
匹夫孺子然皆得其歡心而用其死力至於元成之
世天下久於太平士大夫生於其間無復英雄難制
之風天下之士皆書生好儒其才氣勇力無足畏者

俛首下氣求爲之用而不暇元成哀平亦欲得天下之賢才而用之然而不知其情不獲其術賢人君子避讒畏譏遠引而去而小人宦豎縱横放肆而制其事此甚可憫也夫人之平居朋友之間僕妾之際莫不有術以制其變蓋非有濶遠難見之事也欲其用命而見其所害欲其樂從而見其所利欲其喜而致其所悦欲其懼而致其所忌欲其開心見誠而示之以無所恐欲其守死不去而示之以無所往此天下之人皆能知之而至於治天下則不能用且此過矣天下以爲天子之尊無所事術也而不知天下之事

惟其英雄而後能有大功而世之英雄常苦豪横太過而難制由此觀之治天下愈不可以無術也

第二道

臣聞將求御天下之術必先明於天下之情不先明於天下之情則與無術何異夫天下之術臣固已畧言之矣而又將竊言其情今使天子皆得賢人而任之雖可以無憂乎其爲姦然猶有情焉而不可以不知蓋臣聞之人有好爲名高者臨財推之以讓其親見位去之以讓其下進而天子禮焉則以爲歡而不禮焉則雖逼之而不食其禄力爲廉恥之節以高天

下若是而天子不知焉而豢之以厚利則其心赧然有所不平人有好爲厚利者見祿而就之以優其身見利而取之以豐其家良田大屋惟其與之則可以致其才如是而天子不知焉而强之以名高則其心缺然有所不悅於其中人惟無好自勝也好自勝而不少柔之則忿鬭而不和人惟無所相惡也有所相惡而不爲少避之則事其私怒而不求成功素剛則無折之也素畏則無强之也强之則將不勝而折之則將不振凡此數者皆所以求用其才而不傷其心也然猶非所以制天下之姦雄蓋臣聞之天下之姦

雄其爲心也甚深而其爲迹也甚微將營其東而形之於西將取其右而擊之於左古之人有欲得其君之權者不求之其君也優游翺翔而聽其君之所欲爲使之得其所欲而油然自放以釋天下之權天下之權既去其君而無所歸然後徐起而收之故能取其權而其君不之知古之人有爲之者李林甫是也夫人之既獲此權也則思專而有之故常恐其下之人從而傾焉夫人惟能自固其身而後可以謀人自固之不暇而欲謀人也實難故古之權臣常合天下之爭天下且相與爭而不解則其勢無暇及我是故

可以久居而不去古之人有爲之者亦李林甫是也世之人君苟無好善之心幸而有好善之心則天下之小人皆將賣之以爲姦何者有好善之名而不察其善之實天下之善固有可以謂之惡而天下之惡固有可以謂之善者彼知吾之欲爲善也則或先之以善而終之以惡或有指天下之惡而飾之以善古之人有爲之者石顯是也人之將欲爲此釁也將欲建此事也必先得於其君欲成事而君有所不悅則事不可以成故古之姦雄刼之以其所必不能其所必不能者不可爲也則將反而從吾之所欲爲古之

人有爲之者驪姬之說獻公使之說而避禍是也此數者天下之至情故聖人見其初而求其終聞其聲而推其形蓋惟能察人於無故之中故天下莫能欺何者無故者必有其故也古者明王在上天下之小人伏而不見夫小人者豈其能無意於天下也舉而見其情發而中其病是以愧恥退縮而不敢進臣欲天子明知君子之情以養當世之賢公名卿而深察小人之病以絕其自進之漸此亦天下之至明也

第三道

臣聞天子之道可以理得而不可以名推其於天下

不取其形而獨取其意其道可以爲善而亦可以爲
不善何者其道無常其道無常者不善之所從生也
夫天下之人惟知不忍殺人之爲仁也是故不忍殺
人以自取不仁之名惟知果於殺人之爲義也是故
不敢不殺以自取不義之名是二者其所以爲仁者
有形而其所以爲義者有狀其進也有所執其規而
其退也有所蹈其矩故其爲人也不失爲天下之善
人而終不至於君子有所甚而不堪有所蔽而不見
此其爲人是自全之人也今夫君子有所殺人以爲
仁而有所不殺以爲義義不在於殺人而仁不在於

不殺其進也無所據依而其退也無所底厲故其成也天下將皆安之而其不成也將使天下至於大亂是以天下惡其難明而畏其難就人臣以是戒其君而人君者亦以自戒曰姑爲無殺人以爲仁而姑爲果於殺人以爲義是其仁可以全身而其義可以無謗於天下斯足以爲無過也已矣孟子有言曰責難於君謂之恭陳善閉邪謂之有禮而謂吾君不能者謂之賊且夫爲人臣而詔其君不曰必爲大人之仁義而曰姑爲其易者以苟避天下之謗此非恐其君不能之故歟蓋臣聞之聖人之道惟其不可以名稱

而迹求者其爲道也甚深而難成而其成也亦不若
小道之淺而無功所御甚廣而所處甚約握之甚微
而播之無極故孔子曰吾非多學而識之吾一以貫
之夫一者何也知天下萬物之理而制其所當處是
謂一矣而能得吾一者甚難故夫天下之畏之者亦
不足怪也古之聖人已能知之則行之而無疑已不
能知之則不敢以己之私意而破天下之公義使己
而不好殺人則安可盡無殺以成仁之形使己而好
殺人則安可盡殺以成義之狀蓋必有大臣救其已
甚而補其不足使義不在於殺人而仁不在於不殺

方今天下之治所不足者非仁也吏聞有以入人之
罪抵重罰而未聞有以失人之罪抵深法者民聞有
以赦除其罪而未聞有以不義得罪於法之外者此
亦足以見天子之用心矣古者君臣之間和而不同
上有寬厚之君則下有守法之臣上有急切之君則
下有推恩之臣凡以交濟其所不足而彌縫其闕今
也君臣之風上下如一而無以相濟是以天下苦於
寬緩怠惰而不能自振此豈左右之大臣務以順從
上意爲悅而豈亦天子自信以爲好仁之美而不喜
臣下之有所矯拂哉方今之制易於行賞而重於用

罰天下之以獄上者凡與死比則皆蹙頻而不悅此其爲意夫豈不善然天下之姦人無以深懲而切戒之者此無乃爲仁而至於不仁歟臣愚以爲輔君之善而補其不足此誠大臣之事苟天子自信以爲善欲以一人之私好而破天下之公義則夫大臣者猶不可爲也惟知天子之仁義而無務其迹以成匹夫之節使大臣得參於其間而救其所短此不亦近於天子之道歟

第四道

臣聞古者君臣之間相信如父子相愛如兄弟朝廷

之中優游悅懌歡然相得而無間知無所不言言無
所不盡開心平意表裏洞達終身而不見其隙當此
之時天下之人出身以事君委命於上而無所憂懼
安神定氣以觀天下之政蕩然肆志有所欲爲而上
不見忌其所據者甚堅而無疑是以士大夫皆敢進
而搏天下之大功至於後世君臣相虞皆有猜防之
憂君不敢以其誠心致諸其臣而臣亦不敢直己以
行事二者相與齟齬而不相信上下相顧鰓鰓然而
不能以自安而尚何暇及於天下之利害故天下之
事每每擾敗而無所成就臣竊傷之而以爲其蔽在

於防禁之太深而督責之太急夫古之聖人至嚴而
有所至寬至易而有所至險使天下有所易信而有
所不可測用之各當其處而不失節是以天下畏其
嚴而樂其寬至於後世之君徒知天下之不可以甚
寬也而用之其君臣之際使其公卿大臣終日憂懼
不得安意肆志以自盡於其上而以爲畏威徒知天
下之不可甚嚴也而用之其法律之事使其天下之
官吏欺其長上得以苟免取容不畏天子之法而以
爲行惠益其所以用之之術甚悖而不順者至於如
此夫天下之人上自百官而下至於庶民其爲數安

可窮盡而天子者以其一身寄乎其中論其衆寡之
勢則天下至衆而天子至寡論其智詐巧僞之術則
天下之衆圖必有過於天子者吾欲臨之以天子之
威則彼有畏憚而不敢言多爲之隄防以御其變詐
則彼之智將有以出於堤防之所不能及是以古之
聖人推之以至誠而御之以至威容之以至寬而待
之以至易以君子長者之心待天下之士而不防其
爲詐談笑議論無所不及以開其歡心故天下士大
夫皆欣然而入於其中有所愧耻而不忍爲欺詐之
行力行果斷而無憂懼不敢之意其所任用雖其兄

弟朋友之親而不顧徇私之名其所誅戮雖其雠然
睚眦之人而不卹報怨之嫌何者君臣相信之篤此
所謂至嚴而有所至寬者也然至大吏縱横放肆犯
法而無所忌天下之所指目律令之所當取則雖天
子有所不可輒釋使之一入而不可解而後天下知
有所畏此所謂至易而有所至險二者其事不同而
相與爲用夫是以至寛而天下無頽惰靡迆之風至
險而君臣無猜防逼迫之慮夫惟能通其君臣之歡
而盡行其刑法之所禁而後可以及此也

第五道

臣聞事有若緩而其變甚急者天下之勢是也天下之人幼而習之長而成之相咻而成風相比而成俗縱横顛倒紛紛而不知以自定當此之時其上之人刑之則懼驅之則聽其勢若無能爲者然及其爲變常至於破壞而不可禦故夫天子者觀天下之勢而制其所向以定其所歸者也夫天下之人弛而縱之拱手而視其所爲則其勢無所不至其狀如長江大河日夜渾渾趨於下而不能止抵曲則激激而無所洩則咆教潰亂蕩然而四出壞堤防包陵谷汗漫而無所制故善治水者因其所入而導之則其勢不至

於激怒奎涌而不可收旣激矣又能徐徐而洩之則
其勢不至於破決蕩溢而不可止然天下之人常狃
其安流無事之不足畏也而不爲去其所激觀其激
作相蹙潰亂未發之際而以爲不至於大懼不能徐
洩其怒是以遂至橫流於中原而不可卒治昔者天
下旣安其人皆欲安坐而守之循循以爲敦厚默默
以爲忠信忠臣義士之氣憤悶而不得發豪俊之士
不忍其鬱鬱之心起而振之而世之士大夫好勇而
輕進喜氣而不懾者皆樂從而羣和之直言忤世而
不顧直行犯上而不忌今之君子累累而從事於此

矣然天下猶有所不從其餘風故俗猶衆而未去相
與抗拒而勝負之數未有所定邪正相搏曲直相犯
二者潰潰而不知其所終極蓋天下之勢已小激矣
而上之人不從而遂決其壅臣恐天下之賢人不勝
其忿而自決之也夫惟天子之尊有所欲爲而天下
從之今不爲決之於上而聽其自決則天下之不同
者將悻然而不服而天下之豪俊亦將奮踴不顧而
決之發而不中故大者傷小者死横潰而可可救譬
如東漢之士李膺杜密范滂張儉之黨慷慨議論本
欲矯拂世俗之弊而當時之君不爲分别天下之邪

正以快其氣而使天下之士發憤以自決之而天下
遂以大亂由此觀之則夫英雄之士不可以不少遂
其意也是以治水者唯能使之日夜流注而不息則
雖有蛟龍鯨鯢之患亦將順流奔走奮迅悅豫而不
暇及於爲變苟其瀦畜渾亂壅閉而不決則水之百
怪皆將勃然放肆求以自快其意而不可禦故夫天
下亦不可不爲少決以順適其意也

欒城應詔集第六卷終

欒城應詔集第七卷

進策五道

臣事

第一道

臣聞天下有權臣有重臣二者其迹相近而難明天下之人知惡夫權臣之爲而世之重臣亦遂不容於其間夫權臣者天下不可一日而有而重臣者天下不可一日而無也天下徒見其外而不察其中見其皆侵天子之權而不察其所爲之不類是以擧皆嫉之而無所喜此亦已太過也今夫權臣之所爲者重

臣之所切齒而重臣之所取者權臣之所不顧也將爲權臣邪必將內悅其君之心委曲聽順而無所違戾外竊其生殺予奪之柄黜陟天下以見己之權而没其君之威惠內能使其君歡愛悅懌無所不順而安爲之上外能使其公卿大夫百官庶吏無所歸命而爭爲之腹心上愛下順合而爲一然後權臣之勢遂成而不可拔至於重臣則不然君有所爲不可以必爭爭之不能而其事有所必不可聽則專行而不顧待其成敗之迹著則其上之心將繹然而自解其在朝廷之中天子爲之㦸然而有所畏士大夫不敢

安肆怠惰於其側爵祿慶賞已得以議其可否而不求以爲己之私惠刀鋸斧鉞已得以參其輕重而不求以爲己之私勢要以使天子有所不可必爲而羣下有所畏懼而已不與其利何者爲重臣者不待天下之歸己而爲權臣者亦無所事天子之畏己也故各因其行事而觀其意之所在則天下誰可欺者臣故曰爲天下安可一日而無重臣也且今使天下而無重臣則朝廷之事惟天子之所爲而無所可否雖使天子有納諫之明而百官畏懼戰慄無平昔尊重之勢誰肯觸忌諱冒罪戾而爲天下言者惟其小小

得失之際乃敢上章讙譁而無所憚至於國之大事
安危存亡之所繫皆將卷舌而去誰敢發而受其禍
此人主之所大患也悲夫後世之君徒見天下之權
臣出入唯唯以其有禮而不知此乃所以潛潰其國
徒見天下之重臣剛毅果敢喜逆其意則以爲不遜
而不知其有社稷之慮二者淆亂於心而不能辨其
邪正是以喪亂相仍而不悟何足傷也昔者衛太子
聚兵以誅江充武帝震怒發兵而攻之京師至使丞
相太子相與交戰不勝而走又使天下極其所往而
剪滅其迹當此之時苟有重臣出身而當之擁護太

子以待上意之少解徐發其所蔽而開其所怒則其父子之際尚可得而全也惟無重臣故天下皆能知之而不敢言臣愚以爲凡爲天下宜有以養其重臣之威使天下百官有所畏忌而緩急之間能有所堅忍持重而不可奪者竊觀方今四海無變非常之事宜其息而不作然及今日而慮之則可以無異日之患不然者誰能知其果無有也而不爲之計哉抑臣聞之今世之弊弊在於法禁太密一舉足不如律令法吏且以爲言而不問其意之所屬是以雖天子之大臣亦安敢有所爲於法令之外以安天下之大事

故爲天子之計莫若少寬其法使大臣得有所守而不爲法之所奪昔申屠嘉爲丞相至召天子之倖臣鄧通立之堂下而詰責其過是時通幾至於死而不救天子知之亦不爲怪而申屠嘉亦卒非漢之權臣由此觀之重臣何損於天下哉

第二道

臣聞仲尼之稱管仲曰奪伯氏駢邑三百飯蔬食沒齒無怨言及讀蜀志其言諸葛孔明遷李平廢廖立及孔明既死而此二人皆哭泣有至死者臣每讀書至此未嘗不嘵歎古人之不可及而竊愍今世之不

能也夫爲天下國家惟剛者能守其法而公者能以
剛服天下曾子曰士不可以不弘毅任重而道遠天
下者天子之天下也賞罰之柄予奪之事其出於天
子本無敢言者惟其不公故有一人焉受戮而去雖
其當罪而亦勃然有不服之心而上之人雖其甚公
於此而亦畏其不服而不敢顯然明斥其罪故夫天
下之不公足以敗天下之至剛而天下之不剛亦足
以破天下之至公二者相與並行然後可以深服天
下之衆臣常竊悲唐季五代之亂外有執兵强悆之
臣威蓋天下而以其力內脅天子天子不敢輒忤其

意意有所不恱則其上下不能自保故當此之時人主務爲安身之政不敢以其剛心而守其公事此其勢不得不然耳方今海内治安外無諸侯之虞而内無執政之患然臣竊觀之於政令刑賞之際常若有所畏而不能自必者此其故何也夫朝廷之臣無罪而留有罪而黜此爲臣之常也故其有罪以爲當黜則官必削以爲不當黜則無故而置之外地猶爲不可也今有罪而推之於外反從而增其爵秩是將以爲賞耶爲刑耶是不可得而知也蓋曰姑以鎮撫其耿耿之意彼其失爲近臣而去也雖賜之千金而猶

有所慊然於其心且天下之罪人而皆欲潏其所懷則爲天子安可以有所刑戮哉然而事之所不平者又非特如此也黜之者一人則必有折而辯之者一人以爲黜者之有所不悅乎其辯之者而使與之皆黜夫此二人其罪果誰在以其言而黜人亦以其言而黜之是爲黜者報讐耳是以天下雖無强臣之災而臣下竊揣天子之心皆有所持而邀之此其弊始於執之不剛而成於守之不公矣朝廷之事臣安得知其有所不安者然竊怪每有所除吏民閭莫不切切口語以爲此誰人之親戚故舊而得之者每有所

措置亦莫不以爲此誰人之所欲而行之者使上之人凡果如此則宜乎人之受罪而不服而吾亦不敢加於人也詩云人亦有言柔則茹之剛則吐之唯仲山甫柔亦不茹剛亦不吐不侮鰥寡不畏强禦夫人惟不侮鰥寡也而後能不畏强禦臣故曰惟無私者能以剛服天下此其勢然也且夫古之爲君者有所大樂而今世不知也人君之樂非樂夫有天下而樂得與天下去惡而獎善以快吾志今使天下有不義之臣誅之不獲而又從而尊之尊之不足以爲悅而又從而黜其所怨以慰其盛怒此二事者夫豈爲君

之樂哉蓋事有所不可並從而欲不可以皆得今夫人之有所私愛而不公者是亦人之所樂焉耳然其爲樂有所害於爲君之樂是以不若棄彼而全此也且事之利害有知之而患不可爲者有患不之知而可行者今欲潔然無私而行吾法之所至有罪而黜黜而無所姑息使天下皆知賞之爲賞罰之爲罰此非有所勤苦而難成者而顧患不肯爲夫管仲孔明惟其爲之而已哉

第三道

臣聞天下有無窮之才不叩則不鳴不觸則不發是

以古之聖人迎其好善之端而作其勉强之氣洗濯磨淬日夜不息凡此將以求盡天下之無窮也夫天下譬如大器焉有器不用而寘諸牖下久則蟲生其中故善用器者提攜不去時濯而溉之使之日親於人而獲盡其力以無速敗有小丈夫知愛其器而不知所以爲愛也知措諸地之安而不知不釋吾手之爲不壞也是以事不得成而其器速朽且夫天下之物人則皆用其形而不求其神也神者何也物之精華果銳之氣也精華果銳之氣其在物也曄然而有光確然而能堅是氣也亡則物皆枵然無所用之夫

是氣也時叩而存之則日長而不衰置而不知求則脫去而不居是氣也物莫不有也而人爲甚孟子有言曰人之日夜之所息與平旦之氣晝日之所爲有以梏亡之矣梏之反覆則其夜氣不足以存夫夜氣者所謂精華果鋭之氣也天下亂則君子有以自養而全之而天下治則天子養之以求其用今朝廷之精明戰陣之勇力獄訟之所以能盡其情而錢穀之所以能治其要處天下之紛紜而物莫能亂者皆是氣之所爲也蓋古者英雄之君唯能叩天下之才而存之是以有求而必從有欲而必得漢武帝唐太宗

國富而兵强，所欲如意，而天下之才用之不見其盡。當其季年，元臣宿將死者太半，而新進之士亦自足以辨天下。由此觀之，則天下固有無窮之才，而獨患乎上之不叩不觸，而使其神弛放而不張也。臣竊觀當今之人，治文章，習議論，明會計，聽獄訟，所以為治者，其類莫不備有，而天下之所甚少者，獨將帥武力之臣。往者天下既安，先世老將已死，而西寇作難。當此之時，天子茫然反顧，思得奇才良將以屬之兵，而終莫可得。其後數年，邊鄙日蹙，兵勢日急，士大夫始漸習兵，而西夏臣服，以至於今，又將十有餘年，而曩

之所謂西邊之良將亦已略盡矣而天下之人未知
誰可任爲將此甚可慮也夫天下之事莫難於用兵
而今世之所畏莫甚於爲將責之以難事强之以其
所畏而不作其氣是以將帥之士若此不可得也葢
嘗聞之善用兵者雖匹夫之賤莫不養其氣然後求
其用方其未戰也使之投石超距以致其勇故其後
遇敵而不懼見難而致死何者氣盛故也今天下有
大弊二以天下之治安而薄天下之武臣以天下之
冗官而廢天下之武舉彼其見天下之方然則摧沮
退縮而無自憙之意今之武臣其子孫之家往往轉

而從進士矣故臣欲復武舉重武臣而天子時亦親試之以騎射以觀其能否而爲之賞罰如唐正觀之故事雖未足以盡天下之奇才要以使之知上意之所悦有以自重而争盡其力則夫將帥之士可以漸見矣

第四道

臣聞天下之患無常處也惟見天下之患而去之就其所安而從之則可久而無憂有淺丈夫見其生於東也而盡力於東以忘其西見其起於外也而鋭意於外以忘其中是以禍生於無常而變起於不測莫

能究也昔者西漢之禍當文景之世天下莫不以爲
必起於諸侯之太強也然至武帝之時七國之餘日
以漸衰天下坦然四顧以爲無虞而陵夷至於元成
之間朝廷之強臣實制其命而漢以不祀世祖顯宗
旣平天下以爲世之所患莫不在乎朝廷之強臣矣
而東漢之亡其禍乃起於宦官由此觀之則天下之
患安在其防之哉人之將死也或病於太勞或病於
飮酒天下之人見其死於此也而曰必無勞力與飮
酒則是不亦拘而害事哉彼其死也必有以啓之是
以勞力而能爲災飮酒而能爲病而天下之人豈必

皆死於此昔唐季五代之亂其亂果何在也海内之兵各隸其將大者數十萬人而小者不下數萬撫循鞠養美衣豐食同其甘苦而順其好惡甚者養以爲子而授之以其姓故當其時軍旅之士各知其將而不識天子之惠君有所令不從而聽其將而將之所爲雖有大姦不義而無所違拒故其亂也姦臣擅命擁兵而不可制而方其不爲亂也所攻而必降所守而必固良將勁兵遍於天下其所摧敗破滅足以上快天子鬱鬱之心而外抗敵國竊發之難何者兵安其將而樂爲用命也然今世之人遂以其亂爲戒而

不收其功舉天下之兵數百萬人而不立素將將兵
者無腹心親愛之兵而士卒亦無所附著而欲爲之
效命者故命將之日士卒不知其何人皆莫敢仰視
其面夫莫敢仰視是禍之本也此其爲禍非有脅從
騈起之殃緩則畏而怨之而有急則無不忍之意此
二者用兵之深忌而當今之人蓋亦已知之矣然而
不敢改者畏唐季五代之禍也而臣竊以爲不然天
下之事有此利也則必有此害天下之無全利是聖
人之所不能如之何也而聖人所能要在不究其利
利未究而變其方使其害未至而事已遷故能享天

下之利而不受其害昔唐季五代之法豈不大利於世惟其利已盡而不知變是以其害隨之而生故我太祖：太宗以爲不可以長久而改易其政以便一時之安爲將者去其兵權而爲兵者使不知將凡此皆所以杜天下之私恩而破其私計其意以爲足以變五代豪將之風而非以爲後世之可長用也故臣以爲當今之勢不變其法無以求成功且夫邀天下之大利則必有所犯天下之危欲享大利而顧其全安則事不可成而方今之弊在乎不欲有　搖撼而徒得天下之利不欲有所勞苦而遂致天下之安今

夫欲人之成功必先捐兵以與人欲先捐兵以與人則先事於擇將擇將而得將苟誠知其忠雖舉天下以與之而無憂而況數萬之兵哉昔唐之亂其爲變者非其所命之將也皆其盜賊之人所不得已而以爲將者故夫將帥豈必盡疑其爲姦要以無畏其擇之之勞而遂以破天下之大利蓋天下之患夫豈必在此也

第五道

臣聞天下之勇士可使用兵而不可使主兵天下之智士可使主兵而不可使養兵養兵者君子之事也

故用兵之難而養兵尤難何者士氣之難服也舉兵而征行三軍之士其心在號令而其氣在戰息兵而爲營三軍之士其心在壘壁而其氣在禦陳兵而遇敵三軍之士其心在白刃而其氣在勝氣之所在者毒之所向也故兵在外士氣在敵而不在其上是故撫之而易悅予之而易足誅之而易定動之而易使其上之人禦之以勇而驅之以智則百萬之衆可以無足憂者及夫天下既安三軍之士各反其家美衣甘食優游無爲投石超距不足以洩其怒而各求其上之所短當此之時軍中之士環視四顧而始不可

忍矣是故久於不用則其意不欲復戰久於不使則其意不欲復役夫惟不欲而强使之與之出戰則不樂而與之從役則爲亂此必然之勢也夫古者兵出於農其欲動之尤難然當周之季諸侯之强天下之民日起而操兵齊晉秦楚以其兵車役天下萬里而後反而天下之民不敢言病至於後世平居無事竭天下以養士卒一旦有急當得其力乃反傲睨邀賞不肯即去夫其平時衣食其上有難而起起而鬬死有事而役役而盡力此其勢宜若愈於三代之兵夫矣而當今之病方病其不然此豈非其養之之過歟

臣觀天下之兵其數莫如京師之多而士卒趦趄難制亦莫如京師之甚何者天子在位以仁禦兵士不知戰而狃於賞令之稍急則瞋目攘臂而言不遜此甚可惡也且京師宗廟禁闈之所在而使不義之徒周環布列於其左右而尚何以爲安臣聞養兵而兵驕戾其責在將方今京邑之將所任者誰乎匹夫小人以次當遷而爲之什伯之長此其爲名尚未離乎卒伍也而其上之所統獨有三太尉推而上之則至於樞密使此數四大臣者非在什伍部曲之間以日夕訓練之者也且夫卒未親附而罰之則不服不服

則難用也今使大臣獨制其上恩意不交而德澤不洽上下不相信特其勢相從而無以義附者則是未可以法治也使朝廷大臣而曲躬傴僂親問疾苦如異時出兵行陣之間此則其勢有所不給矣古者南北軍有監軍御史有護兵諸校各有軍正正丞是以任安胡建之徒忠信守節之士得以出入軍中獲其歡心而後訓之以禮繩之以法有所誅滅而士卒皆服如此而後兵可用也今奈何獨使狠戾之人自相臨御而天子獨以貪暴無知之匹夫爲左右之衛哉臣愚以爲宜畧如漢制設爲諸校使常處軍中既以

撫之且漸誅戮其豪横而訓之知理傳曰晋悼公知欒糾之能御以和於政也以爲戎御使訓諸御知籍偃之有力而不暴也以爲戎右使訓勇力之士時使故軍中之吏非其近之則不能得其歡心不得其心則雖有法而不能用有法不能用則士不可以勞苦而兵不可以應卒有兵不能以應卒而有將不能以使衆此最天下之大患也

欒城應詔集第七卷終

欒城應詔集第八卷

進策五道

臣事下

第一道

臣聞聖人之治天下常使人有孜孜不已之意下自一介之民與凡百執事之人咸願竭其筋力以自附於上而上至公卿大夫雖其甚尊志得意滿無所求望而亦莫不勞苦其思慮日夜求進而不息至有一沐而三握一飯而三吐食不暇飽臥不暇煖汲汲於事常若有所未足者是以天下之事小大畢舉無所

廢敗而上之人可以不勞力而萬事皆理昔者世之隆替臣常已略觀之矣堯舜之時洚水橫流民不粒食事變繁多災害並興而堯舜之身至於垂拱而無爲何者天下之人各爲之用力而不辭也至於末世海內乂安四方無虞人生於其間其勢皆有荒怠之心各安其所而不願有所興作故天下漸以衰憊而不振詩曰周雖舊邦其命維新夫國之所以至於亡者惟其舊而無以新之歟天下舊而不復新則其事業有所斷而不復續當此之時而不知與之相期於長久不已之道而時作其怠惰之氣則天下之事幾

乎息矣嗟夫道路之人使之趨十里而與之百錢則十里而止使之趨百里而與之千錢則百里而止何者所與期者止於十里與百里而其利亦止於此而已今世之士何以異此出於布衣者其志不過一命之禄既命則忘其布衣之學仕於州縣者其志不過於改官之寵官既改則喪其州縣之節自是以上因循遞遷十有餘年之間則其勢自至於郡守此不待有所脩飾而至者其志極矣幸而其間有欲持自奮厲之心然後其意稍廣而不肎自棄於貪汙之黨外自漕刑内自臺諫館閣而至於兩制亦又極矣又幸

而有求爲宰相者則其志又益廣至於宰相而極矣蓋天子之所以使天下慕悦而樂爲吾用者下自一命之臣而上至於宰相其節級相次者有四而已彼其一命者或無望於改官郡守者或無望於兩制兩制者或無望於宰相而爲宰相者無所復望則各安於其所而誰肯爲天子盡力者耳夫世之士大夫如此其衆也仁人君子如此其不少也而臣何敢妄有以詆之哉蓋臣聞之方今之人其已改官者有廉隅節幹之效常不若其在州縣之時而爲兩制者其慷慨勁挺之操常不若其爲漕刑臺諫之日雖其奇才

偉人卓然特異不爲利變者固不在此而世之爲此者亦已衆矣夫以爵禄而勸天下爵禄已極則人之怠心生以術使天下則天下之人終身奔走而不知止昔者漢之官吏自縣令而爲刺史自刺史而爲郡守自郡守而爲九卿自九卿而爲三公自下而上至於人臣之極者亦有四而已然當此之時吏久於官而不知厭方今　朝廷郡縣之職列級分等不可勝數從其下而爲之三歲而一遷至於終身可以無倦矣而人亦各自知其分之所止而清高顯榮者雖至老死而不可輒入是以在位者懈而不可自奮何者

彼能通其君臣之歡坦然其無高下峻絕不可扳援之勢而吾則不然今天下之小臣因其朝見而勞其勤苦丁寧訪問以開導其心志且時擇其尤勤勞者有以賜予之使知　朝廷之不甚遠而容有冀於其間上之大吏時召而賜之閑燕與之講論政事而勉之於功名相邀於後世不朽之際與夫子孫皆享其福之利時亦有以督責其荒怠弛廢之懲使之有所愧恥於天子之恩意而不倦於事此豈非臣所謂奔走天下之數歟

第二道

臣聞聖人之於人不恃其必然而恃吾有以使之不恃其皆賢而恃吾有以驅之夫使天下之人皆有忠信正直之心則爲天下安焉乎聖人唯其不然是以使之有方驅之有術不可一日而去也今夫天下之官莫不以爲可任而後任之矣上自兩府之大臣而下至於九品之賤吏近自朝廷之中而遠至於千里之外上下相伺而左右相覺不爲不密也然又內爲之御史而外爲之漕刑使督察天下之姦人而糾其不法如此則天下何恃其皆賢而期之以必然哉然尚有所未盡者蓋天下之事任人不若任勢而變

吏不如變法法行而勢立則天下之吏雖其非賢而皆欲勉強以求成功故天子可以不勞而得忠良之人今世之弊任弊法而用不便之勢勞苦於求賢而不知爲法之弊是以天下幸而得賢則可以僥倖於治安不幸而無賢焉則遂靡靡而不振且御史漕刑天子之所恃以知百官之能否者也今不爲之立法而望其皆賢故臣所謂有所未盡者謂此事也夫此二官雖其內外之不同而其於擊搏羣下權勢輕重本無以相遠也而自近歲已來爲御史者莫不洗濯磨淬以自見其圭角慷慨論列不顧天下之怨是以

朝廷之中上無容姦而下無宿詐正直之士莫不相慶以爲庶幾可以大治然臣愚以爲方今內肅而外不振千里之外貪吏晝日取人之金而莫之或禁遠人咨嗟無所告訴莫不飲泣太息仰而呼天者深惟國家所以設漕刑之意正以天下有此等不平之故耳今海內幸無變而遠方之民戚然皆苦貪吏之禍則所謂漕刑者尚何以爲然人之性不甚相遠豈其爲御史則皆有嫉惡之心而至於漕刑則皆得鹵莽苟容之人蓋上之所以使之者未至也臣觀御史之職雖其屬吏之中苟有能出身盡命排擊天下之姦

邪則數年之間可以至於兩制而無難而其不能者退斥罷免不免爲碌碌之吏是以御史皆務爲訐直之行而漕刑之官雖端坐黙黙無所發擿其終亦不失爲兩制而其抗直不撓者亦不過如此而徒取天下之怨是以皆好爲寛仁以收敦厚之名豈國家知用之御史而不知用之漕刑哉臣欲使兩府大臣詳察天下漕刑之官唯其有所舉按不畏强禦者而後使得至於兩制而其不然者不免爲常吏變法而任勢與之更新使天下之官吏各從其勢之所便而爲之而其上之人得賢而任之則固已大善如其不幸

而無賢則亦不至於紛亂而不可治雖庸人亦可使之自力而爲政如此則天下將内嚴而外明姦吏求以自伏而不得其處天下庶乎可以爲治矣

第三道

臣聞天下惟有權者可以使人有利者可以得衆權者天下之所爲去就也利者天下之所爲奔走也能是非可否之謂權能貧富貴賤之謂利天子者收天下之權而自執之斂天下之利而親用之者也故天下之人上自公卿大夫之尊而下至於閭閻匹夫之賤府史胥徒僮僕奴妾以次相屬而相役至於疲弊

勞苦老死而不去緩急可以使之相救危難可以使之相死蹈白刃赴深谷可使用命而不敢辭何者彼利於人者固役於人也千金之家持其贏餘以匄貧鄰里之貧民薄息緩取而可以豪横於鄉黨刺客武士爲之效死而莫之能制此權利之所致也臣聞天子者執天下之權而擅四海九州之利爵禄慶賞金玉錢幣此其富非特千金之利也予奪可否刑戮誅滅此其勢非特千金之權也古之人君得天下之權利而專之是故所爲而成所欲而就謀臣猛將爲之盡力有死而無二社稷之臣可使死宗廟郡縣之臣

可使死封疆文吏可使死其職武吏可使死其兵天
下之人其存心積慮皆以爲當然是以寇至而不懼
難生而無變方其平居無事之際天子衣食而養之
以待天下之事故有事而死亦其勢然也當今天下
之人食天子之禄被天子之爵衣青紫佩印綬從吏
卒縱横赫奕者常遍天下一旦有急皆莫肯死者甚
可怪也往年廣南之亂大吏據城擁兵賊至而莫敢
擊逃遁奔走伏於草莽之間以避兵革之禍至使蠻
夷之人得以横行於中原人民流離方數千里幾爲
丘墟而無一死戰之吏國家每歲收天下之士士之

發於飢寒取官而去者動以數百爲輩六年之間考
足而無過則又爲之改爵而增其祿秩幸而又有超
羣拔類之才則公卿大臣又得薦之於天子而特寵
貴之翺翔　朝廷之間不出十年可以安坐談笑而
爲兩制此其爲法尚何所負於天下而士大夫終莫
肯奮而爲之用也夫明哲之君以其法邀天下之人
而其不能者天下之人反以其法邀之故邀在我則
奔走者人也邀在人則奔走者我也今世之法夫豈
不欲以邀人哉莅官六七考求舉者五六人凡皆備
具而無所過失然後爲之改爵而增其祿秩夫此豈

誠足以邀人哉爲法而不足以邀人則人將反以吾
法而相邀今之官吏考足而無過且有舉者則天子
寧有以却之邪是不得不從而予之矣如此則是天
子之爵禄非天子之惠而天下之勢也士大夫以勢
取爵禄是以舉皆不德其上凡今天子之權反而入
於下而天子之利變而爲輕取易得之物矣益臣聞
之天下有二弊有法亂之弊有法蔽之弊法亂則使
人紛紜而無所執法蔽則使人牽制而不自得古之
聖人法亂則以立法救之而法蔽則受之以無法夫
無法者非縱横放肆之謂也上之人投棄規矩而使

天下無所執以邀其君是之謂無法今夫官吏之法其亦無曰舉者與考而已使一二大臣得詳其才與不才舉者具而考足才也與之而不才也置之雖有考不足而舉者不具其可與者則或亦與之也凡皆務與天下爲所不可測使吏無所執吾法以邀我収天子之權利而歸之於上如此則議者將以爲蕩然無法則大吏易以爲姦臣聞人惟不爲姦也而後任以爲大吏苟天下之廣而無一二大臣可信者則國非其國矣且自唐季以來世之設法者始皆務以防其大臣蓋唐之盛時其所以試天下之士與調天下

之遷人者皆無一定之法而惟有司之爲聽夫是以下不得邀其上而上有以役其下臣故曰惟有權者可以使人有利者可以得衆此不可不深察也

第四道

臣聞聖人之爲天下不務逆人之心人心之所向固而順之人心之所去因而廢之故天下樂從其所爲惟其一人之所欲不可以施於天下不得已而後有所矯拂而不用蓋非以爲天下之人皆不可以順適其意也昔生民之初生而有饑寒牝牡之患飲食男女之際天下之所同欲也而聖人不求絶其情又從

而爲之節教之炮燔烹飪嫁娶生養之道使皆得其志是以天下安其法而不怨後世有小丈夫不達其意之本末而以爲禮義之教皆聖人之所作爲以制天下之非僻徒見天下邪放之民皆不便於禮義之法乃欲務矯天下之情置其所好而施其所惡此何其不思之甚也且雖聖人不能有所特設以驅天下蓋因天下之所安而遂成其法如此而已如使聖人而不與天下同心違衆矯世以自立其說則天下幾何不叛而去也今之說者則不然以爲天下之私欲必有害於國之公事而國之公事亦必有所拂於天

下之私欲分而異之使天下公私之際譬如吳越之不可以相通不卹人情之所不安而獨求見其所爲至公而無私者蓋事之不通莫不由此之故今夫人之情非其所樂而强使爲之則皆有怏怏不快之心是故所爲而無成所在而不稱其職臣聞方今之制吏之生於南者必置之北生於東者必投之西嶺南吳越之人而必使冒苦寒踐霜雪以治燕趙之事秦隴蜀漢之士而必使涉江湖衝霧露以守揚越之地雖其上之人逼而行之無所不從而行者望其所之怨歎咨嗟不能以自安吏卒送迎於道路遠者涉數

千里財用殫竭困弊於外既至而好惡不相通風俗不相習耳目之所見飲食之所便皆不得其當譬如僑居於他鄉其心常屑屑而不舒數日求去而不肯慮長久之計民不喜其吏而吏不善其俗二者相與齟齬而不合以不暇有所施設而吏之生於其地者莫不自以爲天下之所不若而今之法爲吏者不得還處其鄉里雖百里之外亦輒不可而又以京師之所在而定天下遠近之次凡京師之人所謂近者皆四方之所謂至遠而京師之所謂遠者或四方之所謂近也今欲以近優累勞之吏而不知其有不樂者

爲此之故也且夫人生於鄉閭之中其親戚墳墓不過百里之間至於千里之内則譬如道路之人亦何所施其私而又風俗相安上下相信知其利害而詳其好惡近者安處其近而遠者樂得其遠二者各獲其所求而無汲汲之心耳目開明而心不亂可以容有所立凡此數者蓋亦無損於國矣而特守此區區無益之公此豈王者之意哉且三代之時九州之中建國千有八百大者不過百里而小者數十里數十里之間其民之爲士者有之爲大夫者有之凡所以治其國人者亦其國人也安得異國之人而後用哉

臣愚以爲如此之類可一切革去以順天下之欲今使天下之吏皆同爲姦則雖非其鄉里而亦不可有所役容苟以爲可任則雖其父母之國豈必多置節目以防其弊而況處之數百千里之間哉

第五道

臣聞大人之道行之而可名名之而可言布之天下而無疑施之後世而無愧堂堂乎立於四海雖一介之事而無所不安此其所以爲大人之道歟今夫天下之人天子誰不役其力者而天下皆不敢以爲非此誠得其可役之名而役之是以天子安坐於上而

士大夫爲之奔走於天下大者爲之運籌畫策治百官以濟其大事而小者爲之按米鹽視鞭箠以奉其小職文吏爲之簿書會計詳其出內取予之數而使天下不敢欺武吏爲之擐金被革習其戰陣攻鬭之事而使天下不敢犯勞苦其筋力而竭其思慮甚者捐首領暴骨於原野而不知避何者食其祿也至於田野之民耕田而食或生而不至市井然及其有稅而可役趨走於縣吏之前恭謹有禮不教而自習而其尤難者至使之斬捕盜賊挽弓巡徼疲弊而不敢求免此豈非食地之故歟故夫天下之人凡天子之

所得而使令者皆可得而名也而臣竊怪府史胥徒古者皆有祿以食其家而其不足者皆得計口而受田以補其不給夫是以能使之盡力於公事而不卹其私計益周之所謂官田者府史胥徒之田也而今世之法收市人而補以爲吏無祿以養其身而無田以畜其妻子又有鞭朴戮辱之患而天下之人皆喜爲之其所以責之者甚煩且難而其所以使之者無名而可言而其甚者又使之入錢而後補雖得復役而其所免不足以償其終身之勞此獨何也天子以無名使之而天下之人亦肯以無名而爲之此豈可

不求其情哉且夫天子舉四海而寄之其臣郡縣之
官又舉而寄之其郡縣之小吏刑法之輕重財用之
多少無所不在是以掌倉庫者得以爲盜而治獄訟
者得以爲姦爲姦之利上足以養父母而下足以畜
妻子其所以無故而安爲之者爲此之故也是以雖
無爵禄之勸而可得而使雖有刑戮耻辱之患而不
肯捨而去而其上之人驅其無禄之身而遇之以有
禄之法恬不爲怪此乃公使之爲姦以當其所得之
禄而遂以爲可得而使之也如此則尚何以視天下
臣愚以爲凡人之在官不可以無故而用其力或使

以其稅而或使以其祿故夫府史胥隸不可以無祿使也然臣觀方今天下方苦財用之不給而用度有所不足其勢必無以及此而古者周官之法民之爲訟者入束矢爲獄者入鈞金視其不直者而納其所入蓋自秦漢以來其法始廢而不用故臣亦欲使天下之至於獄者皆有所入於官以自見其直而其不直者亦皆沒其所入以爲胥史之俸祿辨其等差而別其多少以時給之以足其衣食之用其所以取之於民者不苛而其所以爲利者甚博蓋上之於民常患其好訟而不直以身試法而無所畏忌刑之而又

使之有入於官此所以深懲其心而又其所得止以厚吏此有以見乎非貪民之財也而爲吏者可以無俟爲姦而有以自養名正而言順雖其爲姦從而戮之則無愧乎吾心嗚呼古之所謂正名者猶此類也夫

欒城應詔集第八卷終

欒城應詔集第九卷

進策五道

民政上

第一道

臣聞王道之至於民也其亦深矣賢人君子自潔於上而民不免爲小人朝廷之間揖讓如禮而民不免爲盜賊禮行於上而淫僻邪放之心起於下而不能止此猶未免爲王道之未成也王道之本始於民之自喜而成於民之相愛而王者之所以求之其民者其粗始於力田而其精極於孝悌廉耻之際力田

者民之最勞而孝悌廉耻者匹夫匹婦之所不悅強所最勞而使之有自喜之心勸所不悅而使之有相愛之意故夫王道之成而及其至於民其亦深矣古者天下之灾水旱相仍而上下不相保此其禍起於民之不自喜於力田天下之亂盜賊放恣兵革不息而民不樂業此其禍起於民之不相愛而棄其孝悌廉恥之節夫自喜則雖有太勞而其事不遷相愛則雖有強狠之心而顧其親戚之樂以不忍自棄於不義此二者王道之大權也方今天下之人狃於工商之利而不喜於農惟其最愚下之人自知其無能然

後安於田畝而不去山林飢餓之民皆有盜跖趑趄之心而閨門之内父子交怨而不知反　朝廷之上雖有賢人而其教不逮於下是故士大夫之間莫不以爲王道之遠而難成也然臣竊觀三代之遺文至於詩而以爲王道之成有所易而不難者夫人之不喜乎此是未得爲此之味也故聖人之爲詩道其耕耨播種之勞而述其歲終倉廩豐實婦子喜樂之際以感動其意故曰畟畟良耜俶載南畝播厥百穀實函斯活或來瞻汝載筐及筥其饟伊黍其笠伊糾其鎛斯趙以薅荼蓼當此時也民既勞矣故爲之言其

室家來饁而慰勞之者以勉卒其業而其終章曰荼
蓼朽止黍稷茂止穫之挃挃積之栗栗其崇如墉其
比如櫛以開百室百室盈止婦子寧止殺時犉牡有
捄其角以似以續續古之人當此之時歲功既畢民
之勞者得以與其婦子皆樂於此休息閒暇飲酒食
肉以自快於一歲則夫勤者有以自忘其勤盡力者
有以輕用其力而狠戾無親之人有所慕悅而自改
其操此非獨於詩云爾道之使獲其利而教之使知
其樂亦如是云且民之性固安於所樂而悅於所利
此臣所以爲王道之無難者也蓋臣聞之誘民之勢

遠莫如近而近莫如其所與競今行之於　朝廷之
中而田野之民無遷善之心此豈非其遠而難至者
哉明擇郡縣之吏而謹法律之禁刑者布市而頑民
不悛夫鄉黨之民其視郡縣之吏自以爲非其比肩
之人徒能畏其用法而祖背受笞於前不爲之愧此
其勢可以及民之明罪而不可以及其隱匿此豈非
其近而無所與競者邪惟其里巷親戚之間幼之所
與同戲而壯之所以共事此則其所與競者也臣愚
以爲古者郡縣有三老嗇夫今可使推擇民之孝悌
無過力田不惰爲民之素所服者爲之無使治事而

使譏誚教誨其民之怠惰而無良者而歲時伏臘郡縣頗置禮焉以風天下使慕悅其事使民皆有愧恥勉强不服之心今不從民之所競而教之而從其與所素畏夫其所素畏者彼不自以爲伍而何敢求望其萬一故教天下自所與競者始而王道可以漸至於下矣

第二道

臣聞三代之盛時天下之人自匹夫以上莫不務自脩潔以求爲君子父子相愛兄弟相悅孝悌忠信之美發於士大夫之間而下至於田畝朝夕從事終身

而不厭至於戰國王道衰息秦人驅其民而納之於
耕耘戰鬬之中天下翕然而從之南畝之民而皆爭
爲干戈旗鼓之事以首爭首以力搏力進則有死於
戰退則有死於將其患無所不至夫周秦之間其相
去不數十百年周之小民皆有好善之心而秦人獨
喜於戰攻雖其死亡而不肯以自存此二者臣竊知
其故也夫天下之人不能盡知禮義之美而亦不能
奮不自顧以陷於死傷之地其所以能至於此者其
上之人實使之然也然而閭巷之民劫而從之則可
以與之僥倖於一時之功而不可以望其久遠而周

秦之風俗皆累世而不變此不可不察其術也蓋周之制使天下之士孝悌忠信聞於鄉黨而達於國人者皆得以登於有司而秦之法使其武健壯勇能斬捕甲首者得以自復其役上者優之以爵祿而下者皆得役屬其鄰里天下之人知其利之所在則皆爭爲之而尚安知其他然周以之興而秦以之亡天下遂皆尤秦之不能而不知秦之所以使天下者亦無以異於周之所以使天下何者至便之勢所以奔走天下萬世之所不易也而特論其所以使之者何如焉耳今者天下之患實在於民昏而不知教然臣以

爲其罪不在於民而上之所以使之者或未至也且
天子所求於天下者何也天下之人在家欲得其孝
而在國欲得其忠弟兄欲其相與爲愛而朋友欲其
相與爲信臨財欲其思廉而患難欲其思義此誠天
子之所欲於天下者古之聖人所欲而遂求之來之
以勢而使之自至是以天下爭爲其所求以求稱其
意今有人使人爲之牧其牛羊將責之以其牛羊之
肥則因其肥瘠而制其利害使夫牧者趨其所利從
之則可以不勞而坐得其所欲今求之以牛羊之肥
瘠而乃使之盡力於樵蘇之事以其薪之多少而制

其賞罰之輕重則夫牧人將爲牧邪將爲樵邪爲樵則失牛羊之肥而爲牧則無以得賞故其人舉皆爲樵而無事於牧吾之所欲者牧也而反樵之爲得此無足怪也今夫天下之人所以求利於上者果安在哉士大夫爲聲病剽畧之文而治苟且記問之學曳裾束帶俯仰周旋而皆有意於天子之爵祿夫天子之所求於天下者豈在是也然天子之所以來之者唯此而人之所由以有得者亦惟此是以若此不可却也嗟夫欲求天下忠信孝悌之人而求之於一日之試天下尚誰知忠信孝悌之可喜而一日之試之

可耻而不爲者詩云無言不讎無德不報臣以爲欲
得其所求宜遂以其所欲而求之開之以利而作其
怠則天下必有應者今間歲而一收天下之才奇人
善士固宜有起而入於其中然天下之人不能深明
天子之意而以爲所爲求之者止於其目之所見是
以盡力於科舉而不知自反於仁義臣欲復古者孝
悌之科使州縣得以與今之進士同舉而皆進使天
下之人時獲孝悌忠信之利而明知天子之所欲如
此則天下宜可漸化以副上之所求然臣非謂孝悌
之科必多得天下之賢才而要以使天下知上意之

所在而各趨於其利則庶乎其不待教而忠信之俗可以漸復此亦周秦之所以使人之術歟

第三道

臣聞聖人將有以奪之必有以予之將有以正之必有以柔之納之於正而無傷其心去其邪僻而無絶其不忍之意有所矯拂天下大變其俗而天下不知其爲其變也釋然而順油然而化無所齟齬而天下遂至於大正矣蓋天下之民邪淫不法紛亂而至於不可告語者非今世而然也夫古者三代之民耕田而後食其粟蠶繅而後衣其帛欲享其利而勤其力

欲獲其報而厚其施欲求其父子之親則盡心於慈
孝之道欲求兄弟之和則致力於長悌之節欲求夫
婦之相安朋友之相信亦莫不務其所以致之之術
故民各治其生無望於僥倖之福而力行於可信之
事凡其所以養生求福之道如此其精也至其不幸
而死其親戚子弟又爲之死喪祭祀歲時伏臘之制
所以報其先祖之恩而安卹孝子之意者甚具而有
法籩豆簠簋飲食酒醴之薦大者於廟而小者於寢
薦新時祭春秋不闕故民終三年之憂而又有終身
不絶之恩愛憐然若其父祖之居於其前而享其報

也至於後世則不然民怠於自脩而其所以養生求福之道皆歸於鬼神冥寞之間不知先王喪紀祭祀之禮而其所以追養其先祖之意皆入於佛老虛誕之說是以四夷之教交於中國縱橫放肆其尊貴富盛擬於王者而其徒黨遍於天下其宮室棟宇衣服飲食常侈於天下之民而中國之人明哲禮義之士亦未嘗以爲怪幸而其間有疑怪不信之心則又安視而不能去此其故何也彼能執天下養生報死之權而吾無以當之是以若此不可制也蓋天下之君子嘗欲去之而亦旣去矣去之不久而還復其故其

根之入於民者甚深而其道之悅於民者甚佞世之
君子未有以解其所以入而易其所以悅是以終不
能服天下之意天下之民以爲養生報死皆出於此
吾未有以易之而遂絶其教欲納之於正而傷其心
欲去其邪僻而絶其不忍之意故民之從之也甚難
闢之曰川竭而谷虛丘夷而淵實作乎此者必有以
動乎彼也夫天下之民非有所悅乎佛老之道而悅
乎養生報死之術今能使之得其所以悅之實而去
其所悅之名則天下何病而不從蓋先王之教民養
生有方而報死有禮凡國之賞罰黜陟各當其處貧

富貴賤皆出於其人之所當然力田而多收畏法而無罪行立而名聲發德成而爵禄至天下之人皆知其所以獲福之因故無惑於鬼神而其祭祀之禮所以仁其祖宗而慰其子孫之意者非有鹵莽不詳之意也故孝子慈孫有所歸心而無事於佛老臣愚以爲嚴賞罰勑官吏明好惡慎取予不赦有罪使佛老之福不得苟且而惑其生因天下之爵秩建宗廟嚴祭祀立尸祝有以塞人子之意使佛老之報不得乘隙而制其死葢漢唐之際嘗有行此者矣而佛老之說未去嘗有去者矣而賞罰不詳祭祀不謹是以其

道牢固而不可去既去而復反其舊今者國家幸而欲減損其徒日朘月削將至於亡然臣愚恐天下尚猶有不忍之心天下有不忍之心則其勢不可以久去故臣欲奪之而有以予之正之而有以柔之使天下無憾於見奪而日安其新此聖人所以變天下之術歟

第四道

臣聞管子治齊始變周法使兵民異處制國爲二十一鄉工商之鄉六而士鄉十五制鄙以爲五屬立五大夫使各治一屬之政國中之士爲兵鄙野之民爲

農農不知戰而士不知稼各治其事而食其力兵以
衛農農以資兵發兵征行暴露戰鬬而農夫不知其
勤深耕疾耨霑體塗足而士卒不知其勞當是之時
桓公南征伐楚濟汝踰方城望汶山北伐山戎刜零
支斬孤竹西攘白狄逾大行渡辟耳之溪九合諸侯
築夷儀城楚丘徜徉四方國無罷弊之民而天下諸
侯往來應接之不暇及秦孝公欲并海内商君爲之
唱謀使秦人莫不執兵以事戰伐而不得反顧而爲
農陰誘六國之民使專力以耕關中之田而無戰攻
守禦之役二者更相爲用而天下卒以不抗何者我

能累累出兵不息而彼不能應我能外戰而内不乏
食而彼必不戰而後食可足此二者管仲商鞅之深
謀也自管仲死其遺謀舊策後世無復能用而獨其
分兵與民之法遂至于今不廢何者其事誠有以便
天下也今夫使農夫竭力以闢天下之地醵其所得
以衣食天下之武士而免其死亡戰鬬之患此人之
情誰不可者然當今天下之事與管仲商鞅之時則
已大異矣古者霸王在上倉廩豐實百姓富足地利
已盡而民未乏困當此之時謂之人有餘今天下之
田疾耕不能徧而蓬蒿藜莠實盡其利人不得以爲

食禽獸之所蓄息當此之時謂之地有餘古之聖人
人有餘則務在於使人是以天下之人雖其甚蓄而
舉無廢功地有餘則務在於闢地是以天下之地雖
其甚寬而舉無遺力今也海内之田病於有餘而上
之人務在於使人不已過哉臣觀京師之兵不下數
十百萬沿邊大郡不下數萬人天下郡縣千人爲輩
而江淮漕運之卒不可勝計此亦已侈於使人矣且
夫人不足而使人之制不爲少減是謂狠天而違人
昔齊桓之世人力可謂有餘矣而十五鄉之士不過
三萬車不過八百乘何者懼不能久也方今天下之

地所當厚兵之處不過京師與西邊北邊之郡耳昔
太祖太宗既平天下四方遠國或數千里以爲遠
人險詖未可以盡知其情也故使關中之士往而屯
焉以鎮服其亂心及天下既安四海一家而因循久
遠遂莫之變夫天下之兵莫如各居其鄉安其水土
而習其險易而特病其不知戰故今世之患在不教
鄉兵而專任屯戍之士爲賊之備且天下治平非緣
邊之郡則山林匹夫之盜及其未集而誅之可以無
事於大兵苟其有大盜則其爲變故亦非戍兵數百
千人之所能制若其要塞之地不可無備之處乃當

厚其士兵以代之耳聞之古者良將之用兵不求其多而求其樂戰今之爲兵之人夫豈皆樂乎爲兵哉或者饑饉困躓不能以自存而或者年少無賴既入而不能以自脱蓋其間常有思歸者矣故臣欲罷其思歸之士以減屯戍之兵雖使去者太半臣以爲處古猶可以足於事也蓋古者有餘則使之以寬而不足則使之以約苟必待其有餘而後能辦天下之事則無爲貴智矣

第五道

臣聞近代以來天下之變備矣世之君子隨其破敗

而爲之立法補苴缺漏疏剔棼穢其爲法亦已盡矣而後世之弊常不爲之少息其法既立而旋亾其民暫享其利而不能久因循維持至於今世承百王之獘而獨受其責其病最爲繁多而古人已行之遺策又莫不盡廢而不舉是以爲國百有餘年而不至於治平者由此之故也蓋天下之多虞其始自井田之亡田制一敗而民事大壞紛紛而不可止其始也兼幷之民衆而貧民失職貧者無立錐之地而富者連阡陌以勢相役收太半之稅耕者窮餓而不耕者得食以爲不便故從而爲之法曰限民名田貴者無過

若干而貧者足以自養此董生之法也天下之人兼
并而有餘則思以爲驕奢驕奢之風行於天下則富
者至於破其貲畜而貧者耻於不若以爭爲盜而不
知厭民皆有爲盜之心則爲之上者甚危而難安故
爲之法曰立制而明等使多者不得過而少者無所
慕也以平風俗此賈生之法也民之爲性豐年食之
而無餘饑年則轉死溝壑而莫之救富商大賈乘其
不足而貴賣之以重其災因其有餘而賤取之以待
其獘予奪之柄歸於豪民而上不知收粒米狼戾而
不爲斂藜藿不繼而不爲發故爲之法曰賤而官爲

糴之以無傷農貴而官爲發之以無傷末小饑則發
小熟之斂中饑則發中熟之斂大饑則發大熟之斂
此李悝之法也古者三代之兵出而爲兵入而爲農
出兵臨敵則國有資糧之憂而兵罷役休則無復養
兵之費及至後世海內多故而征伐不息以爲害農
故特爲設兵以辦天下之武事其始若不傷農者而
要其終衣食之奉農亦必受其困故爲之法曰不戰
則耕以自養而耕之閑暇則習爲擊刺以待寇至此
趙充國之法也蓋古之遺制其不可施於今者甚多
而臣不敢復以爲說而此四者皆天下之所共知而

不行者也夫知之而不行此其故何歟臣聞事固有可以無術而行者有時異事變無術而不可行者均民以名田齊衆以立制是無術而可以直行者也平糴以救災屯田以寬農是無術而不可行者也古者賢君在上用度足而財不竭捐其有餘以備民之所不足而不害於歲計今者歲入不足以爲出國之經費猶有所不給而何暇及於未然之備古者將嚴而兵易使其兵安於劬勞故雖使爲農而不敢亂今者天下之兵使之執勞者皆不知戰而可與戰者皆驕而不可使衣食豐溢而筋力罷憊且其平居自處甚

倨而安肯爲農夫之事　屯田平糴之利舉世以爲
不可復者由此之故也臣亦思其術矣臣嘗聞之賈
人之治產也將欲有爲而無以爲資者不以其所以
謀朝夕之利者爲之也葢取諸其不急之處而蓄之
徐徐而爲之故其業不傷而事成夫天子之道食稅
衣稅其餘之取於民者亦非其正矣茶鹽酒鐵之類
此近世之所設耳夫古之時未嘗有此四物者之用
也而其爲國亦無所乏絶臣愚以爲可於其中擇取
一焉而置之用度之外歲以爲平糴之資且其旣已
置之用度之餘則不復有　惜而發之也　輕發之

也輕而後民獲其利其與今之所謂常平者亦已大異矣抑嘗聞之嘗已牧馬者不可使之畜豚彘馬彘之相去未能幾也而猶且不可使今世之兵以兵募之而欲強之以爲農此其不從固無足怪者今欲以兵屯田蓋亦告之以將屯田而募焉人固有無田以爲農而願耕者從其願而使之則雖勞而無怨苟屯田之兵既多而可用則夫不耕而食者可因其死亡而勿復補以待其自衰矣嗟夫古之人其制天下之患其亦已畧盡矣而其守法者常至於怠惰而不舉是以世之弊常若近起於今者而不求古之遺法而

依之以爲治可不大悲矣哉

欒城應詔集第九卷終

欒城應詔集第十卷

進策五道

民政下

第一道

臣聞三代之時無兵役之憂降及近世有養兵之困而無興役之患至於今而養兵興役之事皆不得其當而可爲之深憂蓋古者兵出於農而役出於民有農則不憂無兵而有民則不憂無役五口之家常有一人之兵而二十之男子歲有三日之役故其兵强而費不增役起而人素具雖有大兵大役而不憂事

之不集至於兵罷役休而無日夜不息之費其後周衰井田破壞陵夷至於末世天下無復天子之田皆民之所自有天下之民不食天子之田是故獨責其税而不任之以死傷戰鬬之患天子有養兵之憂而天下無攻守劬勞之民以爲大憂故調其財以養兵之用而天下之役凡其所以轉輸漕運營建興築之事又皆出於民當此之時民之所以供上之命者三曰租曰調曰庸租者地之所當出調者兵之所當費庸者歲之所當役也故使之納粟於官以爲田之租人入布帛以爲兵之調歲役其力不役則出其力

之所直以爲役之庸此三者農夫皆兼爲之而遊惰
末作之民亦不免於庸調運重漕遠天子不知其費
而一出於民歲役二旬而不役者當帛六十尺民亦
不至於大苦故隋唐之間有養兵之困而無興役之
患此其爲法雖不若三代之兵不待天子之養然天
下之役猶有可賴者皆民爲也及其後世又不能守
乃始變法而爲兩稅以至於今天下非有田者不可
得而使而有田者之役亦不過奔走之用而不與天
子之大事天下有大興築有大漕運則常患無以爲
使故募冗兵以供力役之急不知擊刺戰陣之法而

坐食天子之奉由是國有武備之兵而又有力役之兵其所以奉養之具皆出於農也而四海之遊民無尺寸之庸調爲農者常使陰出古者遊民之所入而天子亦常兼任養兵興役之大患故夫兵役之弊當今之世可謂極矣臣愚以爲天子平日無事而養兵不息此其事出於不得已惟其干戈旗鼓之攻而後可使任其責至於力役之際挽車船築宮室造城郭此非有死亾陷敗之危天下之民誠所當任而不辭不至以累兵革之人以重費天子之廩食然當今之所謂可役者不過曰農也而農已甚困葢嘗使盡出

天下之費矣而工商技巧之民與夫遊閑無職之徒
常遍天下優游終日而無所役屬蓋周官之法民之
無職事者出夫家之征今可使盡爲近世之法皆出
庸調之賦庸以養力役之兵而調以助農夫養武備
之士而力役之兵可因其老疾死亾遂勿復補而使
遊民之丁代任其役如期而止以除其庸之所當入
而其不役者則亦收其庸不使一日而闕蓋聖人之
於天下不唯重乎茍廉而無求唯其能緩天下之所
不給而節其太幸則雖有取而不害於爲義今者雖
能使遊民無勞苦嗟嘆之聲而常使農夫獨任其困

天下之人皆知爲農之不便則將率而事於末末衆
而農寡則天子之所獨任者愈少而不足於用故臣
欲收遊民之庸調使天下無僥倖苟免之人而且以
舒農夫之困苟天下之遊民自知不免於庸調之勞
其勢不耕則無以供億其上此又可驅而歸之於南
畝要知千歲之後必將使農夫衆多而工商之類漸
以衰息如此而後使天下舉皆使從租庸調之制而
去夫所謂兩税者而兵役之憂可以稍緩矣

第二道

臣聞古者天下皆天子之人田畝之利衣食之用凡

所以養生之具皆頼於天子權出於一而利不分於
强族民有奉上之憂而無役屬附麗之困是以民德
其上而舉天下皆可使奉天子之役使至於末世天
子之地轉而歸於豪民而天下之遊民飢寒朝夕之
柄天子不卹而以遺天下之富賈夫天子者豈與小
民爭此尺寸之利也哉而其勢則有所不可何者民
之有田者非皆躬耕之也而無田者爲之耕無田者
非有以屬於天子也而有田者拘之天子無田以予
之而欲役其力也實難而有田者授之以田視之以
奴僕而可使無憾故夫今之農者舉非天子之農而

富人之農也至於天下之遊民販夫販婦工商技巧之族此雖無事乎田然日食其力而無以爲朝夕之用則此亦將待人而生者也而天子不卹其闕乃使富民持其贏餘貸其所急以爲之父母故雖遊民天子亦不可得而使而富者獨擅其利日役其力而不償其力之所直由是觀之則夫天下之民舉皆非天子之人而天子徒以位使之非皆得其歡心也夫天下之人獨其有田者乃使有以附屬於天子此其爲衆豈足以當其下之仰給之民哉此亦足以見天子之所屬者已甚寡矣臣愚以爲當今之勢宜收天下

之田而歸之於上以業無田之農夫卹小民之所急
而奪豪民假貸之利以收遊手之用故因其所便而
爲之計以爲莫如收公田而貸民急夫陳蔡荆楚之
地地廣而人少土皆公田而患無以耕之而吳越巴
蜀之間拳肩側足以爭尋常尺寸之地安土重遷戀
戀而不能去此非官爲之畫策因其凶荒饑饉之歲
乘其有願徙之心而遂徙之於不耕之公田則終不
能以自去今欲待其已去而收其田畝籍其室廬田
爲公田室爲公室以授無田之民使天下雖富庶之
邦亦常有天子之田而又因其籍没積而勿復鬻募

天下之丁男使分耕其中而無使富民端坐而欲收公田之遺利使天下之農夫稍可以免僕隸之辱而得上麗於天子而其新徙之民耕牛室屋飲食器皿之類有　又皆得以貸於國可以無失其所夫所謂貸者雖其爲名近於商賈市井之事然其爲意不可以不察也天下之民無田以爲農而又無財以爲工商禁而勿貸則其勢不免轉死於溝壑而使富民爲貸則有相君臣之心用不仁之法而收太半之息其不然者亦不免於脫衣避屋以爲質民受其困而上不享其利徒使富民執予奪之權以豪役鄉里

故其勢莫如官貸以賙民之急周官之法使民之貸者與其有司辨其貴賤而以國服爲息今可使郡縣盡貸而任之以其土著之民以防其逋逃竄伏之姦而一夫之貸無過若干春貸以斂繒帛夏貸以收秋實薄收其息而優之使之償之無難而又時免其息之所當入以收其心使民得脫於奴隸之中而獲自屬於天子如此則天下之遊民可得而使富民之貸可以不禁而自息然臣以爲收公田者其利遠非可以歲月之間而待其成也要之數十百年則天下之農夫可使太半皆天子之農若夫所謂貸民急者則

可以朝行而夕獲其利此最當今之所急務也

第三道

臣聞古者建都立邑相其地陵原隰而利其水泉之道通其所無而導其所有使民日取而不盡安居於中而無慕於外利各安其土樂其業無來去遷徙之心膏腴之鄉民不加多而貧瘠之處民不加少天下之户平均若一皆足以供其郡國之役使而無所乏困蓋今天下所謂通都大邑十里之城萬户之郭其陰陽向背與其山林原隰之勢陂池泉水之利皆秦漢以來所爲創置摹畫使足以衣食其民而無乏絕

者也臣嘗讀周詩公劉之一篇其言自戎遷豳之際登高望遠以求其可居之地與其可用之物莫不詳悉而曲盡其詩曰篤公劉逝彼百泉瞻彼溥原乃陟南岡乃覯于京篤公劉既溥既長既景乃岡相其陰陽觀其流泉篤公劉于豳斯館涉渭爲亂取厲取鍛夫古之君子居於其邦其欲知民之所利與器用之所出蓋如此其詳也及觀史記貨殖列傳郡國之所有東方之桑麻魚鹽南方之竹木魚稻與西方之五穀畜牧北方之棗栗裘馬則凡一方之所有皆可以備養生送死之具導之有　而取之有法則其民豐

樂饒足老死而無憾及行天下覽其山林藪澤之所生與其民之所有往往與古不類夫自大江以北漢水之側三代之時列國數十楚人都於荆州其在戰國最爲强大外抗羣蠻内禦秦晉常以其兵横於天下計其所都安肯用墝鹵墝埆之地而當今自楚之北至於唐鄧汝潁陳蔡許洛之間平田萬里農夫逃散不生五穀荆棘布野而地至肥壤泉源陂澤之迹迤邐猶在其民不知水耕之利而長吏又不以爲意一遇水旱民乏菜茹往者因其死喪流亡廢縣罷鎮者蓋往往是矣臣聞善爲政者不用甲兵不斥疆界

興利除害教民稼穡收斂倍稱而獲兼地之福今者舉千里之地廢之爲場以養禽獸而不甚顧惜此與私割地以與人何異嘗聞之於野人自五代以來天下喪亂驅民爲兵而唐鄧蔡汝之間故陂舊堤遂以堙廢而不治至今百有餘年其間猶未甚遠也葢脩敗補闕亦旬月之故耳而獨患爲吏者莫以爲事若夫許州非有洪河大江之衝而每歲盛夏衆水決溢無以救禦是以民常苦饑而不樂其俗夫許諸侯之故邦魏武之所都而唐節度之所治使歲輒被水而五穀不熟則其當時軍旅之費宗廟朝廷之用將何

以供此豈非近世之弊因循不治以至此哉然此乃特臣之所見而天下之廣又安能備知嘗以爲方今之患生於太怯而成於羣俗太怯則見利而不敢爲羣俗則自顧而愛其身夫是以天下之事舉皆不成而何獨在此臣欲破其羣俗之風壯其太怯之氣意凡天下貧窶破散之郡縣使皆擇善事能幹之人而往爲之長因其去也而天子親諭以此使得稍久於其任而察其人民多田野闢者書以爲課何者此非難辦之事是以不待非常之才而後能濟唯其弛放怠惰是以至此今誠少嚴其事使爲吏者知上之屬

意於此十歲之後臣以爲此必爲富壤之區而方今天下重征之處亦爲漸減而取諸此矣

第四道

臣聞天下有二病好戰則財竭而民病畏戰則多辱而無威欲民之無貧則無疾夫無威欲君之無辱則無望乎財之不竭此二患者天下未嘗兼有也古之人君各從其所安而處其偏是以不獲全享其利而亦未嘗有兼受其病者昔者匈奴之於漢可以見矣文景之世天下治安民至老死不知征役之勞府庫盈溢其賦於民者三十而取一可謂盛矣然而匈奴

傲慢侵侮至甚不遜輸金繒納錦繡天子之至辱也
而文景不以爲意以求全其民至於武帝不忍數世
之忿盡天下之鋭而攻之闢地千里斬馘百萬匈奴
之民死者太半洗除先帝之宿耻而夸大中國之氣
得志滿意無以加矣而内自疲弊中民之家大抵皆
破無復十金之户此二者皆有所説其成功是以有
所忍而不顧而智者之論已謂非中國之長筭矣今
者中國之弊在於畏戰畏戰固多辱矣而民又不免
於貧無所就其利而徧被其害重賦厚斂以爲二邊
之賂國辱而民困蓋今世之病病已極矣賢人君子

竭其智慮以求安其民而民常爲夷狄之所擾天子
欲使其澤下布而海內常爲夷狄之所困此其弊益
有原矣二邊之賂不絕是以天下之賦斂雖知其甚
重而不可輕天下之賦斂甚重而不可輕是以天下
之民雖知其甚困而不可得而安也故臣於民政之
終而特備論其要云蓋方今天下之議莫不以爲二
邊之賂決不可去也獨其勇者則曰寧戰而無賂戰
不必敗而賂必至於之困臣竊以爲此古之漢武帝
唐太宗堅忍而不顧者是以行之然亦有所犯天下
之至危何者吾民之不戰久矣用不戰之民而待必

戰之敵竊恐世俗之難之也夫古者霸王之臣因敗而成功轉禍而爲福若反覆手之閒耳桓公見脅於曹沫欲背其盟管仲因而信之以自結於諸侯桓公襲蔡本以誅少姬之罪管仲因而伐楚責包茅之不入而諸侯大服臣竊睹之方今二虜之賂雖有所不得已而然者然其勢偶有似夫戰國之際以謀相傾而陰相潰者是故臣欲因而成之以潛破二虜之國古語有之曰將欲取之必固予之昔者晉之取虞越之取胡冒頓之取東胡石勒之取王浚此四者皆其予之之力也夫鄰國之患惟其相忌而相伺以不敢

相易是以其慮詳密而難圖今夫中國之不競亦已久矣彼其相視以爲無能爲者非一日也然猶未肯釋然而無疑夫惟釋然而無疑而後其國可取今吾猶有所齟齬於其間彼以吾爲猶有不服之心是以君臣相親而未敢懈蓋古之英雄能忍一朝之耻而全百世之利臣以爲當今之計禮之當加恭待之當加厚使者之往無求以言勝之而其使之來者亦無求以言犯之凡皆務以無逆其心而陰墮其志使之深樂於吾之賄賂而意不在我而吾亦自治於内蒐士揀馬擇其精鋭而損其數以外見至弱之形而内

狀至強之實作内政以寓軍令凡皆務以自損吾強
大之勢而見吾衰弱之狀使之安然無所顧忌而益
以怠傲不過數年彼日以無備而吾日以充實彼猶
將以吾爲不足與也而有無厭之求彼怠而吾奮彼
驕而吾怒及此而與之戰此所謂敗中之勝而弱中
之強者也嗟夫方今之事其勢亦有二而已矣能奮
一朝之勞而盡力以攻之則其後可以大安而其始
也不免有歲月之勤能忍一朝之辱而自損以驕之
則其後可以驟勝而其始也不免有歲月之耻此二
策者皆足以謀人之國敗人之兵而有勝矣而臣竊

謂今世之所安者必其予之而驕之者也嗟夫智能攻之以洗天下之大憝不能攻之則驕之而圖其後未有不能攻之又不能驕之拱手以望其成功者方今每歲委百萬之資以予人而不能使人無疑其有不服之心罄竭四海而其終不能以成事特幸其一時之安而欲得其閒隙之際以治天下天下可得而治哉

第五道

臣聞御戎有二道屯兵以待其來出兵以乘其虛方今二邊固常已屯重兵矣而天下之議以爲中國之

兵無由而出而臣以爲不然何者斂天下之財以奉夷狄彼求之無厭則吾之應之將有所不稱其意大抵不過數十年之間用兵之釁不發於彼之不悅則發於吾之不忍此亦其勢之不可逃者也方其無事之時中國既不得不畜兵於邊而及其有間又必將出兵而乘其弊此二者不可不素爲之所也今每歲發郡縣之兵以戍邊此其未戰之謀也而臣未知其所以爲戰之術臣聞古者三代之制未有戍邊之役六國之際燕趙最被邊患而當其時西備秦東備齊南備楚內備韓魏千里之國而其四境莫不皆有所

備則其所以備胡者安得戍卒而用之計亦不過沿邊之民自爲卒伍以制其侵畧而已戍邊之謀始於秦漢内無敵國之虞而郡縣之兵材官蹶張皆出於民之爲役其法月爲更卒已復爲正一歲屯戍一歲以次相承而迭相更代邊鄙之民不可使常爲兵是以不得不驅中原之民而納之塞下以捍寇虜故其邊戍之兵歲初而來終歲而去寒暑不相安險易不相習勇怯不相程志氣不相企上無顧於墳墓而下無愛於妻子平居憂愁無聊無樂土之心而緩急苟免無死戰之意不可 得其用古之謀臣晁錯陸賈

之徒蓋常以爲言矣今世之兵皆天子之所廩食以
終其身在秦則廩於秦在趙則廩於趙不可一日而
闕非如漢之戍卒有休罷更代之期也然猶守此區
區旣往之陳迹豈不惑哉且舉中原之士而屯之於
邊雖無死傷戰鬬之患而其心常自以爲出征行役
苦寒冒露爲國勞苦凡國家之所以美衣豐食以養
我者止爲此等事也故士卒百萬端坐而食實不知
行陣之勞不見鋒刃之危而皆已自負以爲有勞於
國其勢不可有所復使此其弊在於使之不得其道
耳今夫陰伺二虜之怠而出兵以逐利於塞外此誠

今世之至計也而臣竊恐緩急之際士卒皆已自負
而不可用且夫人之情嘗已用其力則其心自滿而
不復求報其上士無求報之心則不可以與之犯大
難而涉大勞惟其飽食而無所試優游無爲以觀夫
人之成功而不得自効者則其氣剛鋭而其心不倦
古之善用兵者惟能及其心之未倦而用其鋭氣是
以其兵無敵於天下臣愚以爲方今之計内郡之兵
當常在内而不以戍邊戍邊之兵當常戍邊而不待
内郡之戍卒募内郡之兵其樂徙邊者而稍厚之不
足則募民之樂爲邊兵者以足之使二邊有一定不

遷之兵而頗損内郡之衆計其内外之數相通如舊
而止平居無事以此備邊而一旦欲有所攻奪掩襲
則獨發内郡之卒使二者各思致其勇力以報其上
鋭而用之墮而置之屯兵歷年而士無所怨其勞出
兵千里而士無所憾其遠兵入則出者得以休息而
無乘塞之苦兵出則守者閑暇而無行役之困交相
爲用如循環之無端而不可竭此眞與今世之法竭
天下以養兵守亦使此戰亦使此未戰而士卒皆怠
者其亦少異矣

欒城應詔集第十卷終

欒城應詔集第十一卷

秘閣試論六首

王者不治夷狄論

儒者必慎其所習習之不正終身病之公羊之書好爲異說而無綂多作新意以變惑天下之耳目是以漢之諸儒治公羊者比於他經最爲迂闊至於何休而其用意又甚於公羊蓋其勢然也經書公及戎盟于潛公羊猶未有說也而休以爲王者不治夷狄錄戎來者不拒去者不追也夫公之及戎盟于潛也時有是事也時有是事而孔子不書可乎故春秋之書

其體有二有書以見褒貶者有書以記當時之事備史記之體而其中非必有所褒貶予奪者公之及戎盟于潛是無褒貶予奪者也而休欲必爲之說是以其說不得不妄也且王者豈有不治夷狄者乎王者不治夷狄是欲苟安於無事者之說也古之所以治夷狄之道世之君子嘗論之矣有用武而征伐之者高宗文王之事是也有脩文而和親之者漢之文景之事是也有閉拒而不納之者光武之謝西域絶匈奴之事是也此三者皆所以與夷狄爲治之大要也今曰來者必不可拒則是光武之謝西域以息中國

之民者非乎去者必不可追則是高宗文王凡所以
征其不服而討其不庭者皆非也凡休之說施之於
中國强盛夷狄暴横之時則將養寇以遺子孫之憂
施之於中國新定休息自養之際則爲夷狄之所役
使以自勞斃而不得止凡此二者休之說無施而可
也蓋愚聞之聖人之於戎狄也吾欲來之則來之雖
有欲去者不可得而去也吾欲去之則去之雖有欲
來者亦不可得而來也要以使吾中國不失於便而
置夷狄於不便之地故其屈伸進退莫不在我而休
欲其自來而自去也耶此其尤不可者也治休之學

者曰春秋託始以治天下當隱公之際未暇遠畧故
先書晉滅夏陽不書楚滅穀鄧夫穀鄧之不書是楚
之未通而不告也如使聖人未欲與夷狄交通則雖
有欲至尚可得而至哉愚故曰春秋之書公及戎盟
于潛是記事之體而無休之說也

劉愷丁鴻孰賢論

天下之讓三有不若之讓有相援之讓有無故之讓
讓者天下之大功大善也然而至於無故之讓則聖
人深疾而排之以爲此姦人之所以盜名於暗世者
也昔者公族穆子之讓韓起范宣子之讓智伯宣子

穆子中心誠有以愧於彼二人也是不若之讓也舜
之命禹也讓於臯陶其命益也讓於朱虎熊羆夫臯
陶之不能當禹之任朱虎熊羆之不能辦益之事亦
已明矣然猶讓焉者此所謂相援之讓也夫使天下
之人皆能讓其所不及則賢材在位而賢不肖不爭
皆能讓以相援則君子以類升而小人不能間此二
者天下之大美也然而至於無故之讓則天下之大
不善也東漢之衰丁鴻鄧彪劉愷此三人者皆當襲
父爵而以讓其弟非是先君之命非有嫡庶之別而
徒讓焉以自高於世俗世之君子從而譏之然此三

人者之中猶有優劣焉劉鄧讓而不反以遂其非丁鴻讓而不終聽其友人鮑駿之言而卒就國此鴻之所以優於劉鄧也且夫闔天下之有讓而欲竊取其名以自高其身以邀望天下之大利者劉愷之心也闔天下之讓而竊慕之而不知其不同以陷於不義者丁鴻之心也推其心而定其罪則愷在可戮而鴻爲可恕此眞僞之辨也賢愚可以見矣故范雎曰太伯伯夷未始有其讓也故太伯稱至德伯夷稱賢人末世徇其名而昧其致則詭激之行興矣若夫鄧彪劉愷讓其弟以取義使弟受非服而已受其名不已

過乎夫君子之立言非以茍顯其理將以啟天下之方悟者立行非以茍顯其身將以教天下之方動者言行之所開塞可無慎乎丁鴻之心主乎忠愛何其終悟而從義也異乎數子之徇名者也嗟夫世之邪僻之人盜天下之大利自以爲人莫吾察而不知君子之論有以見之故爲國者不可以不貴君子之論也

禮義信足以成德論

周衰凡所以教民之具既廢而戰攻侵伐之役交横於天下民去其本而爭事於末當時之君子思救其

弊而求之太迫導之無術故樊遲請學爲稼又欲爲圃而孔子從而譏之曰小人哉樊須也上好禮則民莫敢不肅上好義則民莫敢不服上好信則民莫敢不用情夫如是四方之民襁負其子而至矣焉用稼釋之曰禮義與信足以成德又安用稼哉嗟夫仁人之言其始常若迂闊而不可行然要其終其取利多而卒以無弊者終莫能易其説蓋孔子之於衛常欲正名而子路笑之矣冉子之於魯常欲徹而魯君非之矣何則衛之亂若非正名之所能安而魯之饑若非徹之所能救然而欲天下無饑與亂則非此二者

莫之能濟故夫欲取其利而取之於遠則取利多而
民不知欲圖其事而圖之於深則事有漸而後無獘
今夫樊遲欲爲農圃以富民而孔子荅之以禮義信
也天下疑之而愚以爲不然若觀於孟子而求其所
以辨許行之説則夫農圃之事乃有可以禮義致而
可以信取之道何者許子欲使君臣竝耕饔飧而治
此豈非樊子所願學者哉而孟子荅之以堯舜無所
用心於耕稼堯以不得舜爲憂舜以不得禹爲憂堯
得舜舜得禹而禮義流行忠信洋溢則天下之民將
不勸之耕而自爲耕不督之圃而自爲圃而何致於

身服農圃之勞而憂農圃之憂哉且夫欲勸天下之農而至於親爲之者亦足以見其無術矣古之聖人其御天下也禮行而民恭則役使如意義行而民服則勞苦而不怨信行而民用情則上下相知而教化易行三德既成則民可使蹈白刃而無怨而況農圃之功哉故夫欲致其功而形之於遠則功可成欲力其事而爲之於近則百弊起今欲君子小人而皆從事於農則夫天下之民尚誰使治之哉

形勢不如德論

三代之時法令寬簡所以隄防禁固其民而尊嚴其

君者舉皆無有而其所都之地又非有深山大河之
固然而歷歲數百長久而安存者何耶秦之法令可
謂峻矣而其所都又關中天府之固古之所謂百二
者也然而二世而亡者何耶太史公曰權勢法制所
以爲治也地形險阻所以爲固也然而二者猶未足
恃也故曰形勢雖强猶不如德也天下之形勢愚嘗
論之矣讀易至於坎喟然而嘆曰嗟夫聖人之所以
教人者益詳之矣夫坎之爲言猶曰險也天之所以爲
險者以其不可升而地之所以爲險者以其有山川
丘陵天地之險愚聞之矣而人之險愚未之聞也或

曰王公設險以守其國此人之險而高城深池之謂也曰非也高城深池此無以異於地之險而人之險法制之謂也天下之人其初蓋均是人也而君至於爲君之尊而民至於爲民之卑君上日享其樂而臣下日安其勞而不敢怨者是法制之力也然猶未也可以禦小害而未可以禦大害也大盜起則城池險阻不可以固而留衆叛親離則法制不可以執而守是必有非形之形非勢之勢而後可也故至坎之六四而曰樽酒簋貳用缶納約自牖終無咎夫六四處剛柔相接之時而乃用一樽二簋土盎瓦缶相與拳

曲俯仰於户牖之下而終獲无咎此豈非聖人知天下之不可以強服而爲是優柔從容之德以和其剛強難屈之心而作其愧耻不忍之意故耶嗟夫秦人自負其強欲以斬刈齊天下之民而以山河爲社稷之保障不知英雄之士開而關之刑罰不能繩險阻不能拒故聖人必有以深結天下之心使英雄之士有所不可解者則坎之六四是也

禮以養人爲本論

君子之爲政權其輕重而審其小大不以輕害重不以小妨大爲天下之大善而小有不合焉者君子不

顧也立天下之大善而以小有不合而止則是天下無聖人大善終不可得而建也自周之亾其父子君臣冠昏喪祭之禮皆以淪廢至於漢興賢君名臣比比而出皆知禮之足以爲治也然皆拱手相視而莫敢措非以禮爲不善也以爲不可復也是亦自輕而已故元成之間劉向上書以爲禮以養人爲本如有過差是過而養人也刑罰之過或至於死傷然有司請定法令筆則筆削則削是敢於殺人而不敢於養人也然而爲是者則亦有故律令起於後世而禮出於聖人敢變後世之刑而不敢變先王之禮是亦畏

聖人太過之弊也記曰禮之所生生於義也故禮雖先王未之有可以義起也故因人之情而爲之節文則亦何至於憚之而不敢邪今夫冠禮所以養人之始而歸之正也昏禮所以養人之親而尊其祖也喪禮所以養人之孝而爲之節也祭禮所以養人之終而接之於無窮也賓客之禮所以養人之交而慎其瀆也鄉禮所以養人之本而教之以孝悌也凡此數者皆待禮而後可以生今皆廢而不立是以天下之人皇皇然無所折衷求其所從而不得則不能不出其私意以自斷其禮私意既行故天下之弊起奢者

極其奢以傷其生儉者極其儉以不得其所欲財用
匱而饑寒作饑寒作而盜賊起盜賊起而民之所恃
以爲養者皆失而不可得雖日開倉廩發府庫以贍
百姓民猶未可得而養也故古之聖人不用財不施
惠立禮於天下而匹夫匹婦莫不自得於閭閻之中
而無所匱乏此所謂知本者也

既醉備五福論

善夫詩人之爲詩也成王之時天下既平其君子優
柔和易而無所怨怒天下之民各樂其所年穀時熟
父子兄弟相愛而無暴戾不和之節莫不相與作爲

酒醴剁烹牛羊以享以祀以相與宴樂而不厭詩人
欲歌其事而以爲未足以見其盛也故又推而上之
至於朝廷之間見其君臣相安而親戚相愛至於祭
祀宗廟既事而又與其諸父昆弟皆宴於寢旅酬下
至於無算爵君臣釋然而皆醉故爲作既醉之詩以
歌之而後之傳詩者又深思而極觀之以爲一篇之
中而五福備焉然愚觀於詩書至抑與酒誥之篇觀
其所以悲傷前世之失及其所以深懲切戒於後者
莫不以飲酒無度沈湎荒亂號呶倨肆以敗亂其德
爲首故曰百禍之所由生百福之所由消耗而不享

者莫急於酒周公之戒康叔曰酒之失婦人是用二
者合并故五福不降而六極盡至愚請以小民之家
而明之今夫養生之人深自覆護擁閉無戰鬬危亾
之患然而常至於不壽者何耶是酒奪之也力田之
人倉廩富矣俄而至於饑寒者何耶是酒困之也服
食之人乳藥餌石無風雨暴露之苦而常至於不寧
者何耶是酒病之也脩身之人帶鉤蹈矩不敢妄行
而常至於失德者何耶是酒亂之也四者既備則雖
欲考終天命而其道無由也然而曰五福備於既醉
者何也愚固言之矣百姓相與歡樂於下而後君臣

乃相與偕醉於上醉而愈恭和而有禮心和氣平無悖逆暴戾之氣干於其間而壽不可勝計也用財有節御己有度而富不可勝用也壽命長永而又加之以富則非安寧而何既富而壽且身安矣而無所用其心則非好德而何富壽而安且有德以不朽於後也則非考終命而何故世之君子苟能觀既醉之詩以和平其心而又觀夫抑與酒誥之篇以自戒也則五福可以坐致而六極可以遠却而孔子之說所以分而别之者又何足爲君子陳於前哉

秘試論一首

史官助賞罰論

域中有三權曰天曰君曰史官聖人以此三權者制天下之是非而使之更相助夫惟天之權而後能壽天禍福天下之人而使賢者無夭橫窮困之災不賢者無以享其富貴壽考之福然而季次原憲古所謂賢人者也伏於窮閻之下布衣饘粥之不給盜跖莊蹻橫行於天下食人之肝以爲糧而老死於牖下不見兵革之禍如此則是天之權有時而有所不及也故君人用其賞罰之權於天道所不及之間以助天爲治然而賞罰者又豈能盡天下之是非而賞罰之

於一時猶懼其不能明著暴見於萬世之下故君舉
而屬之於其臣而名之曰史官蓋史官之權與天與
君之權均大抵三者更相助以無遺天下之是非故
荀悅曰每於歲盡舉之尚書以助賞罰夫史官之興
其來尚矣其最著者在周曰佚在魯曰克在齊曰南
氏在晉曰董狐在楚曰倚相觀其爲人以度其當時
之所書必有以助賞罰者然而不獲見其筆墨之所
存以不能盡其助治之意獨仲尼因魯之史官左丘
明而得其載籍以作爲春秋是非二百四十二年雖
其名爲經而其實史之尤大章明者也故齊桓晉文

有功於王室王賞之以侯伯之爵征伐四國之權而春秋又從而屢進之此所以助乎賞之當於其功也吴楚徐越之僭皆得罪於其君者也而春秋又從而加之以斥絶擯棄不齒之辭此所以助乎罰之當於其罪也若夫當時賞罰之所不能及則又爲之明言其狀而使後世嗟嘆痛惜之不已嗚呼賢人君子之功烈與夫亂臣賊子罪惡之狀於此皆可以無憂其無聞焉是故古者聖人重史官當漢之時號曰太史令而其權在丞相之上郡國計吏上計於太史而後以其副上于丞相御史夫惟知其權之可以助賞罰

也故從而尊顯之然則後之史官其可以忽哉

省試論一首

刑賞忠厚之至論

古之君子立于天下非有求勝於斯民也爲刑以待天下之罪戾而恐（唯）民之入於其中以不能自出也爲賞以待天下之賢才而唯恐天下之無賢而其賞之無以加之也蓋以君子先天下而後有不得已焉夫不得已者非吾君子之所志也民自爲而召之也故罪疑者從輕功疑者從重皆順天下之所欲從且夫以君臨民其强弱之勢上下之分非待夫與之爭

尋常之是非而後能勝之矣故寧委之於利使之取其優而吾無求勝焉夫惟天下之罪惡暴著而不可掩別白而不可解不得已而用其刑朝廷之無功鄉黨之無義不得已而愛其賞如此然後知吾之用刑而非吾之好殺人也知吾之不賞而非吾之不欲富貴人也使夫其罪可以推而納之於刑其迹可以引而置之於無罪其功與之而至於可賞排之而至於不可賞若是二者而不以與民則天下將有以議我矣使天下而皆知其可刑與不可賞也則吾猶可以自解使天下而知其可以無刑可以有賞之說則將

以我爲愚人而愛夫爵禄也聖人不然以爲天下之人不幸而有罪可以刑可以無刑刑之而傷於仁幸而有功可以賞可以無賞無賞而害於信與其不屈吾法孰若使民全其肌膚保其首領而無憾於其上與其名器之不僭孰若使民樂得爲善之利而無望望不足之意嗚呼知其有可以與之之道而不與是亦志於殘民而已矣且彼君子之與之也豈徒曰與之而已也與之而遂因以勸之焉耳故捨有罪而從無罪者是以耻勸之也去輕賞而就重賞者是以義勸之也蓋欲其思而得之也故夫堯舜三代之盛捨

此而忠厚之化亦無以見於民矣

欒城應詔集第十一卷終

欒城應詔集第十二卷

策一道

御試制策問目具東坡集

臣謹對曰臣不佞　陛下過聽策臣於庭使得竭愚衷以奉大對臣性狂愚不識忌諱伏讀　陛下制策凡所以問臣之事數十條者臣已詳聞之矣然臣內省愚誠欲先以聞而後荅　陛下以所問伏惟　陛下承　先帝之業卽位以來三十餘年四方乂安　陛下守此太平之成基平日無事端居靜慮亦嘗有憂於此乎無憂於此乎　陛下策臣曰朕承　祖宗

之大統　先帝之休烈深惟寡昧未燭於理又曰志
勤道遠治不加進夙興夜寐于兹三紀此　陛下憂
懼之言也然臣以謂　陛下未有憂懼之誠耳往者
寶元慶曆之間西羌作難　陛下晝不安坐夜不安
席當此之時天下皆謂　陛下憂懼小心如周文王
然而自西方解兵　陛下棄置憂懼之心而不復思
者二十年矣古之聖人無事則深憂有事則不懼夫
無事而深憂者所以爲有事之不懼也今　陛下無
事則不憂有事則大懼臣以爲　陛下失所憂矣故
願　陛下雖天下無事而不忘憂懼之心　陛下誠

能用臣此言則凡所以問臣者臣雖不言可得而舉
也尚未能用臣此言則凡所以問臣者臣雖言之無
益也　制策曰德有所未至教有所未孚闕政尚多
和氣或鬱　陛下思慮至此此則聖人之用心也臣
請爲　陛下推其本原而極言其故臣聞之書曰與
治同道罔不興與亂同事罔不亡昔者夏之衰也有
太康商之微也有祖甲周之敗也有穆王漢之卑也
有成帝唐之亂也有穆宗恭宗此六帝王者皆以天
下之治安朝夕不戒沈湎于酒荒耽于色晚朝早罷
早寢晏起大臣不得盡言小臣不得極諫左右前後

惟婦人是侍法度正直之言不留于心而惟婦言是
聽謁行于内勢横于外心荒氣亂邪僻而無所主賞
罰失次萬事無紀以至於天下大亂而其心不知也
是以三代之季詩人疾而悲傷之曰匪教匪戒時惟
婦寺聽言則對誦言如醉又曰亂匪降自天生自婦
人赫赫宗周褒姒滅之蓋傷其不可告教而至于敗
也臣踈賤之臣竊聞之道路陛下自近歲以來宫
中貴姬至以千數歌舞飲酒歡樂失節坐朝不聞咨
謨便殿無所顧問夫三代之衰漢唐之季其所以召
亂之由陛下已知之矣久而不正百蠹將由之而

出內則將爲蠱惑之所汙以傷和伐性外則將爲請謁之所亂以敗政害事婦人之情無有厭足迭相誇尚爭爲侈靡賜予不足以自給則不憚於受賂賄賂賄既至則不憚於私謁私謁既行則內外將亂　陛下無謂好色於內而不害外事也且臣聞之欲極必厭樂極必反方其極甚之時一陷於其中而不能以自出然及其覺悟之後未始不以自悔也　陛下何不試於清閑之時上思　宗廟社稷之可憂內思疢病恙之可惡下思庶人百姓之可畏則夫嬪御滿前適足以爲　陛下憂而未足以爲　陛下樂也伏

惟　聖心未之思焉是以遲遲而不去詩云顛沛之
揭枝葉未有害本實先撥方今承　祖宗之基四方
無虞法令修明百官繕完而　陛下奈何先自撥其
本哉臣恐如此德教日以陵遲闕政將至於敗戾氣
將至於災而不可救也　制策曰田野雖闢民多亾
聊邊境雖安兵不可撤利入已浚浮費彌廣臣以爲
地有所未闢是以民不得安其生邊境雖安而非誠
安是以兵不得徹其備浮費日廣是以利入浚而不
能休何者自京以西近自許鄭而遠至唐鄧凡數千
里列郡數十土皆膏腴古之賦輸太半多出於此自

兩漢以來名臣賢守所以爲民興利除害溝洫畎澮之跡往往猶在而荆棘成林無尺寸之耕狐貍豺狼之所嘷而逃兵罷士之所竄伏　陛下所使守此地者終無一人爲　陛下深思極慮招來流亾以墾化其地賢才良士以爲此僻遠之處而不肯往　陛下何不使大臣舉人而守之親召而勉勵其志屬以此事而亦以此爲殿最之課不及十年此將皆爲天下之沃壤臣故曰地有所未闢是以民不得安其生也臣又聞古之制邊備者外有亭障内有屯兵亭障欲繁屯兵欲簡繁則耳目明簡則氣勢合今者邊境之

患患在亭障之地而皆屯兵以待寇至屯兵之處兵分力弱而不足以備禦夫屯兵於亭障之地者兵必不能甚多也兵不能甚多則寇至必不能抗而徒棄甲兵於無用此拙守者之計也然今之人又患夫屯之不密而歲益增焉小屯不滿百人大屯不過數百城壘之廣狹弱弓乏矢可以越而過者往往是也然而前守之所戍後守不敢徹非不知徹也恐後之有敗事而以是為過也兵法曰善攻者敵不知所守善守者敵不知所攻夫敵不知所攻非連臂而守之也雖連臂而守之敵尚可得攻而絕也古之善守者置

兵於要害之地則敵人不敢過而爲盜何者畏吾之
乘其背也過人之城而又過城焉則腹背而受敵此
用兵之深忌也今國家不料敵之不敢過吾城以深
入吾地而懼敵之敢入深也夫敵之過吾城以深入
吾地是吾利也而又何患乎臣故欲收諸小屯無益
之兵而聚之大屯諸故小屯皆廢以爲亭障嚴斥候
謹烽燧以爲大屯之耳目置大屯於要害之地以形
制戎狄高城深池精爲守備使可以對敵逾月而不
陷制爲諸屯使其相去之遠近可以輕兵十日而相
救臣讀古兵書戰國策未嘗見有敵人敢越大城深

入而爲寇者臣故曰邊境雖安而非誠安是以兵不得徹其備也臣又聞人君之於天下本非有情愛相屬如父子兄弟之親也上以其勢臨下則下以其勢奉上二者相持而行不相悅則解不相合則叛譬如草木之於地也託之而生判然二物也有根而綢繆之交横相入而至於不可拔及其不相入也木槁於上而根不下屬地確於下而氣不上接一夫之力可拔而取也飄風暴雨可披而離也是以古之聖人於其無事之時必深結百姓之心使之歡忻交通分義積厚而不忍相棄於緩急之際昔漢之文景優裕天

下時使薄斂寬田租宥罪戾當此之時雖天下和平
猶未見其利及至末世賊臣竊命國統已絕而天下
之心猶依依不忍離漢者徒以文景之所以愛之者
深而不可忘也國家自　祖宗以來至於　陛下四
世矣　陛下之所以深結於民者何也民之所好者
生也所惜者財也　陛下擇吏不精百姓受害於下
無所告訴則是　陛下未得以生結民也　陛下賦
斂煩重百姓日以貧困衣不蓋體則是　陛下未得
以財結民也吏之不仁尚可以爲吏之過賦斂之不
仁誰當任其咎且　陛下凡所以用財者果何事乎

上有官吏之俸下有士卒之廩外有夷狄之賂此三者陛下未得省之之術臣亦未敢以爲言也臣獨怪陛下内有宫中賜予玩好無極之費此何爲者凡今百姓所爲一物已上莫不有税茶鹽酒鐵關市之征古之所無者莫不並行疲民咨嗟不安其生而宫中無益之用不爲限極所欲則給不問無有司會不敢爭大臣不敢諫執契持敕迅若兵火陛下外有北狄西戎歲邀金繒而又内自爲一穽以耗其所遺餘臣恐陛下以此獲謗而民心之不歸也故臣願陛下日夜自損以礪左右痛爲節儉以寬百姓

捎錦繡棄金玉以質素爲貴賦税之入獨以供不得
已之費使天下知戴　陛下之德一旦有緩急則民
尚可以使之無叛臣故曰浮費日廣是以利入浚而
不能止者此之謂也　制策曰軍冗而未練官冗而
未澄夫軍冗未練則爲無兵官冗未澄則爲無吏古
者民多則兵衆兵衆則國强今兵衆而至於以爲冗
者則是不耕而食之過也然而屯田之利是當今之
至計也然而屯田之不用則亦有説有兵而不可使
耕一也天下須兵之地無官田而閑田之鄉不須兵
二也此二患者臣嘗慮之葢亦以爲無難也有兵而

不可使耕臣亦不敢强使也計今天下之兵一歲死亡幾何而以其數募民爲兵且屯田民自將有應此選者則今不耕之兵十數歲之後其存者將有幾此非屯田之所當畏者一也天下郡縣未嘗無官田郡縣之無官田者嘗有之而官鬻之也籍没之田歲歲不絶舉而積之而田皆在官矣閑田之鄉不過京師之西雖差遠於京畿然而車馳卒奔可以不過旬日而至有欲用之可以緩急而召雖禁衛之兵亦可以循漢之故發郡縣之兵充之朞年而一易京師可獨置天子腹心之軍數萬人以制四方之客軍使之獨

得不耕而食如周之環人漢之羽林佽飛之類此又非屯田之所當畏者二也如此而兵冗之弊可以去矣臣又聞方今用人之弊有二吏多也吏雜也吏多之弊輕吏雜之弊重吏多而不雜則賢不肖猶有辨也多而不免於雜既費廩祿又不得賢也費廩祿則國貧不得賢則事不舉均之二弊事不舉者所當先治也如臣之意且可使審官銓曹密院三班分別天下之官其事之爲天下之要而其地之爲一方之急者別之以爲一等而使諸道之職司各第其吏之廉明善事最異者而上之於審官銓曹密院三班而審

官銓曹密院三班卽任之以此至於其餘不急之官則又爲一等使碌碌之吏以今先後之法占之此法既行要以世之庸吏必將羣議而聚怨然臣以爲聖人之爲天下不憚人之有怨心而問其怨之當否今世之患上之人畏下太甚而下之人持上太過上以其法御下而下反以法攻上之失是以在上者不敢有所興利除害而惟法之聽法者上之所當用耳而豈亦使天下之人以繩上哉此太甚也臣讀後魏書觀其始時天下用兵武夫悍卒皆得爲吏而當此之時吏道不雜何者其所用者皆賢而不賢者未嘗用

也及其後世患夫不用者之多怨也是以崔亮從而
吏之不問士之賢愚而專以停解日月爲斷沈滯者
皆稱其能而魏之失人自是而始故臣欲分而別之
以爲賢不肖之辨如此而官冗之弊可除矣　陛下
興庠序於久亡悼禮樂之未備思繼可封之俗欲隆
皆讓之節而訟未息深求其故歸咎在位以爲教化
不足而法律有餘是以民不知避吏不知懼咨嗟怨
讟並興而不止思所以治之不得其道臣聞善治天
下者不必有美名而有亹亹之實功不善治天下者
其名不必不美而其實空虛無益於事　陛下自即

位以來登庸俊良力興美政以教化天下者於今凡幾矣慶曆之中勸農桑興學校當此之時天下以爲三代之風可以漸復然而學校旣興農桑旣勸而天下之風俗卒何以異於慶曆之始今者 陛下又發德音分遣使者巡行天下或以寬恤或以減省或以均稅名號紛紜而出天下又皆翕然知 陛下之欲速於爲治也然臣以爲 陛下惑於虛名而未知爲政之綱也且 陛下以爲此數事者足以致治耶不足以致治耶 陛下設官置吏其職亦有治此等事者耶其未有耶臣以爲凡 陛下之所以分裂海內

以爲郡縣其中上有守令下有丞尉大有會府次有
職司者凡所以治此數事耳今 陛下欲寛卹百姓
以至於特命使者則是此等常爲暴也 陛下欲減
省均税以至於特命使者則是此等皆不可使也臣
觀 陛下之意不過欲使史官書之以邀美名於後
世耳故臣以爲此 陛下惑於虚名也令夫諸道之
職司是天下之綱雖然尚非 陛下之所當擇 陛
下當擇宰相而宰相當擇職司耳天下諸道凡十有
七一道之職司少者三人而多者不過四人均之十
七道者其替換迭代不過四五十人也以士大夫之

多擇四五十人而用之宜其甚足今乃不擇賢否而
任之至於有事則更命使者故臣以爲 陛下未知
爲政之綱也夫綱雖大不知舉而何教化之能興故
臣願 陛下興教化自擇職司始而天下可以漸治
矣 陛下戒慎天災震懼日食淫雨煥氣江河之失
度而思聞告戒消伏之理推劉向之傳考呂氏之紀
夫劉向之說五行事各以類感滯於一方而不得相
通呂氏之書隨其時月而指其必然之災異其言皆
迂怪而難信安足爲 陛下道哉臣聞災異之說有
二有可得而推知其所從來者有不可得而推知其

所從來者可得而推者人之所爲也不可得而推者天之所爲也人之所爲者不過盜賊竊發於山林戰敗兵破而不得復盜賊竊發是衣食不足政暴吏苛之罪也戰敗兵破是任人不明將不爲用之過也至於天之所爲凶旱水溢蟲蝗霜雹日食地震星辰隕墜是安知其所由來哉譬如人之將病也五臟失據於中而變見動於四肢發於百體醫者切其脉而觀其色曰是心病也脾病也是皆可也至於鬼嘯於梁捐尾於堂而動之曰是心也是脾也則可乎要以人之神明精爽消散而不充是以邪物得而干之而尚

何擇乎心肺之間哉古之儒者其論災異則皆有此
弊也今使國家治强人民乂安和氣充實於天地之
間則天爲之明地爲之静三辰爲之光及其少衰則
天地三辰皆將虧缺而不寧頃者水冒京城日食季
夏江河淮汴破溢爲害地震生毛水變赤色此數事
者使董仲舒劉向之徒出而論之必將指國政之一
二以爲其驗而臣以爲不然蓋臣非以爲不爲災也
以爲天地之遠而至於爲之變動此非一事之所能
致蓋天下之政皆失其中是以其氣衰弱挫沮而不
振以至於是以爲　陛下歷數天下之弊而使　陛

下盡脩之云耳非正陽之月而伐鼓救變說者以為非經然而要以脅陰助陽則雖非正陽而不為失當盛夏之月而論囚報重說者以為非古然而要以使犯法者無久繫之殃而民覩為惡之速及則雖當盛夏而亦不為非也　陛下懸四方之未治而推其源於京師知淫巧僭差之失度而欲各為之節然而未獲所以禁之術是以欲先治內則惑於何以為京師之言欲先擿姦則惑於不撓獄市之說今　陛下任人使為京兆如得趙廣漢耶則安可以不撓獄市而拘其才如得黃霸耶則安可以擿姦而責其效各隨

其才而用之則可以至於治矣然臣以為莫若先之以猛而終之以寬頃者　陛下之所任皆能猛矣而不能寬皆得其始矣而不知其所以為繼之術是以京兆之政大則斬戮小則笞箠歷歲百餘而終無有一人能以仁恕為治者故其民狃於刑戮而不知懼然而不先之以猛臣又恐仁恕之不能折夫強暴也

陛下深探儒老之是非而至於漢文漢武治亂之際

臣聞老子之所以為得者清淨寡欲而其失也棄仁義絕禮樂儒者之得也尊君卑臣而其失也崇虛文而無實用然而道之可以長行而無弊者莫過於儒

術其所以有弊者治之過也漢文取老子之所長而
行之是以行之而天下豐漢武取儒者之失而用之
是以用之而天下弊此儒老得失之辨也昔者周公
遭變而作豳詩雖言王業之本而要以自明其身之
無罪是以謂之國風宣王北伐其事雖大而其詩非
大雅之體是以謂之小雅故夫寬柔敦厚者大雅之
風也慷慨勁正者小雅之文也以此推之則可以辨
矣三代之時財賦之用有司掌之而冢宰特因其歲
之凶豐上下而制其用度多少之節蓋亦如此而已
至於有唐正觀開元之際猶委之郎官其後四方用

兵而財用之間亦遂有權時應變之事郎官有所不能辦故立使以主之及其末世使又不能辦則又舉而歸之宰相是以李德裕之徒皆治其事以一有司之職而累天下之宰由此言之則夫陳平肅質之論有不妄矣若夫泉貨之輕重始於周景王而後有二品之差命秩之實始於魏武帝而後有六等之號水旱蓄積之備莫如李悝之平糴邊陲守禦之方莫如張仁愿之築城圜法九府之名自天府太府王府内府外府職内職金職歲職幣皆列職於周官樂語五均之義天子取諸侯之士以爲國均則市不二價其

說見於河間獻王之禮此數事者皆非有益於當世
之務是以不足深論也伏惟　陛下諮謨國事丁寧
反覆終而復始不忍捨去故於制策之終則又曰富
人彊國尊君重朝弭災致祥改薄從厚此皆前世之
急政而當今之要務子大夫其悉意以陳毋悼後害
夫　陛下丁寧激切至於如此而臣何敢不爲　陛
下申重其說今　陛下憂思天下若此其至而其功
不就者豈非無其人之故耶臣聞求賢不如變俗俗
所不悅雖有賢者將不能自立俗苟好之雖天下之
人將從風而靡昔　太祖好武略則天下之猛士出

而爲之兵　太宗好奇謀則天下計畫之士出而爲
之慮　眞宗好文而愛儒則海内無有不學以待上
之所使今　陛下公卿滿朝進趍揖讓文學言語上
可以不愧於古人而下可以遠過於近世者以　陛
下誠好之也然　陛下中夜不寐起坐而思之天下
之事所未能舉者凡有幾何府庫空虚入不支出而
不能均兵革怠惰驕而不爲用而不能制閑田滿野
民食不足而不能闢河水歲決北人受害而不能救
戎狄放肆邀取金幣而不能服　陛下治天下而至
使不察察有如此者得非　陛下所好非所當用耶

狄仁傑有言文士中不足快意要得奇才之士與共
天下乃進張東之以代李嶠蘇味道而臣亦以爲治
天下當得渾質剛直不忌不克不擇劇易之人而任
之如漢之絳侯條侯魏之賈逵鄧艾晉之温嶠周訪
唐之婁師德郝處俊得此數人唯 陛下所欲用之
致之 朝廷之上則賢人益親置之邊境之上則惡
言不至如此人者 陛下豈不欲用之故臣願 陛
下改易所好以變天下之俗則當今之文人皆可使
爲朴直之士 陛下何憚而久不爲也臣本布衣書
生 陛下授之以爵禄而又親策之於廷 陛下醫

竭所疑以問之於臣而臣何敢不盡其中之所懷以
輸之　陛下凡制策之所以問臣者臣謹已直率愚
意竊揣而妄論之矣才智短淺不足以上塞　明詔
無補於聰明之萬一謹俯伏待罪然臣之微意所欲
丁寧而致之　陛下者終欲爲　陛下畢盡其説臣
聞聖人欲有其富則保之以儉欲久其尊則守之以
謙欲安其佚則行之以勞欲得其欲則濟之以無欲
此四者聖人之所以盡天下之利而人不以爲貪極
天下之樂而不爲人所厭者也老子曰聖人以其無
私故能成其私由是觀之則夫欲樂其富而用之以

奢者其富必亡欲大其尊而用之以倨者其尊必替欲享其逸而用之以惰者其佚必窮欲獲其欲而用之以肆者其欲必廢是以聖人處衆人之所惡而使天下無異辭然後全享天下之利而無所失故夫斥弃金玉不貴錦繡非以爲愛財也畏大臣禮小臣非以爲尚賢也雞鳴而起日昃不食非以爲集事也去聲色放犬馬非以爲美名也凡所以深服天下而消其爭心焉耳伏惟　陛下覽策之始以無忘憂懼之心則又覽其終以去其太甚消天下不平之意二者既行則大臣之所言者舉可以漸用而無弊矣惟

陛下慎思之力行之無以臣言爲妄蓋臣之所見當今天下之事未有急於此者　陛下幸而留意天下不勝幸甚謹對

欒城應詔集第十二卷終